中華古籍保護計劃

成　果

《書目題跋叢書》工作委員會

主　任：熊遠明

委　員：吴　格　張志清　陳紅彦　俞國林　蘇品紅　李國慶
劉　冰　劉　薔　羅　琳

《書目題跋叢書》編輯委員會

主　編：吴　格　張志清

副主編：陳紅彦　俞國林　蘇品紅

常務編委：鄭小悠　劉　明

編　委：陳先行　杜澤遜　眭　駿　孫　彦

蛾術軒輯存清人題跋

九種

王欣夫　撰
眭駿　整理
吴格　審定

書目題跋叢書

中華書局

圖書在版編目(CIP)數據

蛾術軒輯存清人題跋九種/王欣夫撰;眭駿整理. —北京:中華書局,2023.12
(書目題跋叢書)
ISBN 978-7-101-16563-0

Ⅰ.蛾… Ⅱ.①王…②眭… Ⅲ.題跋-作品集-中國-清代 Ⅳ.I264.9

中國國家版本館 CIP 數據核字(2024)第 044608 號

責任編輯:郭睿康 劉 明
責任印製:陳麗娜

書目題跋叢書
蛾術軒輯存清人題跋九種
王欣夫 撰
眭 駿 整理
*
中 華 書 局 出 版 發 行
(北京市豐臺區太平橋西里 38 號 100073)
http://www.zhbc.com.cn
E-mail:zhbc@zhbc.com.cn
河北新華第一印刷有限責任公司印刷
*
850×1168 毫米 1/32 · 6½印張 · 2 插頁 · 117 千字
2023 年 12 月第 1 版 2023 年 12 月第 1 次印刷
印數:1-1500 册 定價:48.00 元

ISBN 978-7-101-16563-0

《書目題跋叢書》編纂説明

中華民族夙有重視藏書及編製書目的優良傳統，並以「辨章學術，考鏡源流」作爲目録編製的宗旨。

漢唐以來，公私藏書未嘗中斷，目録體制隨之發展，門類齊全，蔚爲大觀。延及清代，至於晚近，書目題跋之編撰益爲流行，著作稱盛。歷代藏家多爲飽學之士，竭力搜采之外，躬親傳鈔、校勘、編目、題跋諸事，遂使圖書與目録，如驂之靳，相輔而行。時过景遷，典籍或有逸散，完璧難求，而書目題跋既存，不僅令專門學者得徵文考獻之助，亦使後學獲初窺問學門徑之便。由是觀之，書目建設對於中華古籍繼絶存亡、保存維護，厥功至偉。

上世紀五十年代，古典文學出版社、中華書局等曾出版歷代書目題跋數十種，因當年印數較少，日久年深，漸難滿足學界需索。本世紀初，目録學著作整理研究之風復興，上海古籍出版社、中華書局分别編纂《中國歷代書目題跋叢書》及《書目題跋叢書》，已整理出版書目題跋類著作近百種。書目題跋的整理出版，不但對傳統學術研究裨益良多，與此同時，又在當前的古籍普查登記、保護研究等領域發揮了重要作用。

二〇一六年，經《中國歷代書目題跋叢書》第四輯主編、復旦大學吴格教授提議，由國家古籍保護中心聯合中華書局及復旦大學，全面梳理歷代目録學著作（尤其是未刊稿鈔本），整理目録學典籍，將其作爲調查中國古籍存藏狀況，優化古籍編目，提高整理人才素質的重要項目，納入中華古籍保護計劃框架。項目使用「書目題跋叢書」名稱，由國家古籍保護中心統籌管理，吴格、張志清兩位先生分司審訂，中華書局承擔出版。入選著作以國家圖書館所藏書目文獻爲基礎，徵及各地圖書館及私人藏本，邀請同道分任整理點校工作。出版采用繁體直排，力求宜用。

整理舛譌不當處，敬期讀者不吝指教，俾便遵改。

《書目題跋叢書》編委會

二〇一九年五月

整理説明

王大隆（一九〇一—一九六六），字欣夫，號補安，後以字行，江蘇吴縣人。幼岐嶷好學，曾先後師從近代著名學者吴江金松岑（一八七三—一九四七）、吴縣曹元弼（一八六七—一九五三），以博學篤行而見重學界。民國十八年（一九二九）後，受聘於上海聖約翰大學國文系，先後任講師、副教授、教授。建國後，因院系調整，轉至復旦大學中文系任教，直至逝世。先生教學之餘，致力於傳統文獻研究，著有《文獻學講義》《蛾術軒篋存善本書録》等。其繼承清代以來吴中樸學傳統，平生治學，由經學、小學入門，泛濫子史百家，通曉學術源流，熟諳古今著述，被公認爲一流學者。又好書如命，非惟藏書滿架，且矻矻於鈔校編纂，前賢遺著及稀見文獻，賴以存傳。其逝世後，部分藏書歸復旦大學圖書館，成爲館藏善本之重要組成部分。

兹選欣夫先生手輯清人題跋，凡九種。按時代順序，分别爲陸貽典《覿菴書跋》，何焯《義門書跋》，何煌《小山書跋》，盧文弨《抱經堂集外書跋》，余集《秋室書録》，嚴元照《悔菴書跋》，張紹仁《訒盦題跋》，勞權、勞格《勞氏碎金》，鄭文焯《石芝西堪題跋殘稿》。以上諸學人，或精於版本校勘，或嫺於考訂故實，所撰題跋文字，皆可窺其學術蘄向及造詣所至。而先生追仰昔賢，蒐亡補逸，片言隻字，躬自抄録，諸人心得，賴以不墜。故略作整理標點，以饗讀者。先生移録原文時，或有訛誤之處，今不作校改。異體字、俗字酌情徑改。

目録

義門書跋

小山書跋

抱經堂集外書跋

覿菴書跋

常熟　陸貽典　撰
吴縣　王欣夫　輯

明末虞山，以藏書甲海内。牧齋以貴，子晉以富，四方珍籍，皆不脛而走絳雲樓、汲古閣兩家。而錢氏羣從子弟，及諸馮、諸葉等，左右輔翼之。猗歟盛哉！敕先以牧齋爲師，而毛斧季則其壻也。若馮，若葉，皆縞紵交，得一奇秘，通假無虚日。所見既廣，尤長於校勘，故今傳敕先手校本，無不精絶，人争寶之。惟諸家藏書，偏嗜宋槧。曹秋岳《絳雲樓書目題詞》云：「所收必宋元板，不取近人所刻及鈔本。」錢遵王《述古堂藏書自序》云：「生平所嗜，宋槧本爲最。馮定遠每戲予曰：『昔人佞佛，子佞宋乎？』」而滎陽悔道人《汲古閣主人小傳》則云：「性嗜卷軸，榜於門曰：『有以宋槧本至者，門内主人計葉酬錢，每葉出二佰。』」於是開後世賞鑒家藏書之風。敕先則謂「古今書籍，宋板不必盡是，時刻不必盡非。然較是非以爲常，宋刻之非者居二三，時刻之是者無六七，則寧從其舊也」，著於手校宋本《管子》跋；謂「凡宋板書未嘗無脱誤處，然往往正得十之七八。有謂宋刊一字無謌者，可爲一粲也」，著於手校宋本《陸士龍文集》跋。又於所校《唐文粹》云：「以宋板校之新本，或有脱誤處，當非寫刻之謬，意古本如是，猶未没其實也。用校此本，去其不可通者十一二，識其可從者十七八，以備另有一適之義。後之覽者，庶毋謂余刻舟買櫝也。」斯真校勘家之名論，開後世讀書者藏書之先者歟。其校《管子》跋云：「時賦役倥偬，愁悶填胸，當研硃點筆時，大似奕秋誨奕，一心以爲鴻鵠之將至。」鈔本《中原音韵》跋云：「追呼倥偬中，理此雅事，可發一胡盧也。」其時皆在康熙五年丙午，正奏銷案起，敕先蓋亦以多田爲累者。至其生平事跡，葉菊裳先生《藏書紀事詩》蒐羅已不能詳。藉此一二卷帙，得留姓名於後世，亦可以不負當日螢窗雪案，勤劬一世矣。一九六五年八月，吴縣王欣夫識。

戰國策跋

《戰國策》世傳鮑彪注者，求吴師道駁正本，已屬希有，况古本哉。錢遵王假余此本，係姚宏較刻，高誘注，蓋得之于牧翁宗伯者。不特開卷便有東、西周之異，全本篇次前後，章句煩簡，亦與今本迥不相侔，真奇書也。因命友印：録此册。原本經前輩勘對疑誤，採正傳補注，標舉行間，宜并存之，一時未遑也。牧翁云「天啟中，得此于梁溪安氏。無何，又得善本于梁溪高氏。」今此本具在，已出尋常百倍，不知高氏本又復何如耳。戊戌孟春六日録校并識，虞山陸貽典。

庚寅冬，牧翁絳雲樓災，其所藏書俱盡于咸陽之炬，不謂高氏本尚在人間。林宗葉君印録一本假余，校此，頗多是正。而摹寫誤字，猝未深辨，并一一校入，尚儗借原本，更一訂正也。戊戌季冬六日，校畢記。

己亥春，從錢氏借高氏原本，校前十九卷。孟冬暇日，過毛氏目畊樓，借印録高氏本校畢，此書始爲全璧云。敕先。

乙未三月，借顧僧虔本録全。

國語二十一卷 校宋本

錢遵王景寫錢宗伯家藏宋刻本，與今本大異。今歸於葉林宗，借勘一過。戊戌夏六月六日，常熟陸貽典校畢識。

葉石君爲余校此，今再校一過，改正處頗多。六月八日記。

南唐書跋

遵王鈔本，校一過。甲寅九月七日，覿菴記。

武林舊事跋

遵王鈔本前六卷，舊鈔闕後四卷，命工寫定。黼季假得，既屬竇伯校此，又浼余校一過，頗多是正處。朱筆出竇伯手，墨筆葢余所校也。此本係余姻友孫岷自舊藏。岷自不禄，屈指已十有三年矣。撫此，不禁人琴之痛。康熙丁巳小春下浣，覿菴陸貽典識于山涇老屋。

金石録跋

假得黄子羽所藏錢磬室手鈔本，校過。第十卷後磬室識云：「借文休承宋雕本鈔完。」不知後二十卷又何本也。歲除癸卯五月二十，虞山陸貽典識。

校宋本管子跋

毛斧季以善價購得錫山華氏家藏宋刻《管子》。錢遵王貽余此本，竭十日之力校勘一過，頗多是正。時賦役倥偬，愁悶填胸，當研朱點筆時，大似奕秋誨奕，一心以爲鴻鵠之將至。撫己，爲之一笑也。康熙五年四月二十有六日，常熟陸貽典識。

古今書籍，宋板不必盡是，時刻不必盡非。然較是非以爲常，宋刻之非者居二三，時刻之是者無六七，則寧從其舊也。余校此書，一遵宋本。再勘一過，復多改正。後之覽者，其毋以刻舟目之。康熙五年歲次丙午五月七日，敕先典再識。

易林跋

從兄蓋臣向假得瞿曇谷宋校本《易林》，勘得別本，別本字句碩異。余借校此帙，未及卒業而罷，距今已十有一載。而蓋臣遺世，亦已五年矣。頃從友人借得曇谷校本勘畢，覆勘一過，復多是正，遂於此書無憾。蓋宋本出之牧翁家藏，絳雲一炬，久爲劫灰。此書種子，幸留人間，亦可寶也。據曇谷云，宋本本有全注，未及舉録。失之一時，奪之千載，能無奇書不傳之慨？丁未仲夏九日，燈下記。常熟陸貽典。

陸士龍集十卷 校宋本

丁未二月十日辰刻，寒雨中毛黼季宋刻本再校訖。常熟陸貽典識。

凡宋板書，未嘗無脱誤處，然佳處正得十之七八。有謂宋刻一字無譌者，可爲一粲也。敕先校畢《二俊集》，偶書。

丁未孟陬十有四日，從何子道林乞得此本。黼季出示宋刻。既與黼季校一本，隨又校得此本，凡皆校過兩次。宋本誤字，亦俱勘入，其餘當亦無遺。惜宋本殘缺，不能無恨耳。貽典再識。

陸士龍文集跋

凡宋板書，未嘗無脱誤處，然往往正得十之七八。有謂宋刊一字無譌者，可爲一粲也。敕先校畢《二俊集》，偶書。

丁未立春，從何子道林，乞得此本。黼季出示宋刊。既與黼季校一本，隨又校得此本，凡皆校過兩次。宋本譌字，亦俱勘入，其餘當亦無遺。惜宋本殘缺，不能無恨耳。貽典再識。

丁未二月十日辰刻，寒雨中毛黼季宋刻本再校訖。常熟勑先陸貽典識。

張司業詩集跋

宋刻《張司業集》有二：一本八卷，一本上中下三卷，而要以八卷爲勝。《百家唐詩》中所刻一卷，僅三卷中之下卷耳。其爲可笑如此。余既別鈔北宋本，復借遵王南宋本，補此二卷。聞此外尚有《木鐸集》，惜無從一見之也。辛丑六月十一日，貽典識。

白氏長慶集跋存末册

借遵王所得烟客宋刻本校過，竭十二日之力，纔得卒業云。癸卯重午前一日，屬余懸弧之辰，校畢識此。陸貽典。

從葉石君借宋本，勘過兩次。其與遵王本同者，不另勘入；其異處，俱用墨筆識于上方，與硃筆不相混也。癸卯五月十日記。

按《文集》後序，有《前》《後》《續》三集，則知集外有詩有文。而通行今本彙三爲一，以詩文各從其類，非其舊矣。石君所見廬山本，僅自廿卷至廿九卷。其第廿一，乃今本第三十八卷。至廿九卷，則今本第四十六卷。由此而推至今本第六十七卷，當爲廬山本第五十卷，爲《長慶集》，是《前集》也。合之元序，所謂成五十卷，可信不誣。且元序自諷諭詩爲始，至剖判而止，符若契券。況今本二十一卷之首，又明著後序爲始耶。但《後集》《續集》，則莫知其界分，爲深惜之。更可疑者，今本通計一秩，每帙卷數不等。而《文集》後序云：「《前集》五帙，每帙十卷。」《聖善寺集記》云：「七袠，六十五卷。」《南禪院集記》云：「七袠，六十七卷。」則分袠亦莫可考矣。且《文集》後序云：「《長慶集》五十卷，《後集》二十卷，《續集》五卷。」今本止七十一卷，計缺四卷。若石君從別宋本鈔第三十八卷，爲今本所無。僅小詩二十八首，復有重出，不成卷軸。宋本挨次而去，至今本七十一卷，爲七十二卷，通計全數，尚缺三卷。古書淪失，不獨此集。撫卷，爲之三歎云。是歲五月十一日，敕先再記。

葉石君跋云：「甲申秋，假得錢尚書不全宋本《白集》，校過一次。又有廬山本，與今刻卷目大異，分《前集》《後集》《別集》。止見一本，自二卷至二十九卷，用青筆改正。以類推之，其中有歲時日月，及前後序文，則廬山本卷目，亦可考定也。九月十日偶讀，因記。」

杜荀鶴文集跋

世傳分體《唐風集》，俱出南宋本。予嘗假錢遵王本校過，藏諸家塾。毛斧季新得沙溪黄子羽所藏北宋本，既未分體，且多詩三首，與世本迥異。偶過汲古閣，出以示余，且以家刻本見貽。因校此本，携歸，識于燈下。壬寅仲冬二十八日，陸貽典。

梧溪集跋

虞山覿菴陸貽典，校補于汲古閣下。丁巳九月下浣。

文選跋

庚子正月二十四日，借遵王宋刻本校。其有宋本誤字，亦畧標識，以便參考。貽典。

文粹跋

從毛黼季借宋刻《文粹》二十册。每册卷數不一，其板心數目自一起，盡一册爲度。紙理瑩潔，字畫完善，宋板所希有。校之新本，或有脱誤處，當非寫刻之謬。意古本如是，猶未没其實也。用校此本，去其不可通者十一二，識其可從者十七八，以備另有一適之義。後之覽者，庶毋謂余刻舟買櫝也。癸卯十月十有九日校畢，常熟陸貽典勅先甫書於奇雲樓之半广。

古文苑跋

趙凡夫藏宋刻《古文苑》一部，紙墨鮮明，字畫端楷，靈均鉤摹一本。友人葉林宗見而異之，亦録成一册，藏之家塾。辛巳夏間，陸敕先假歸，分諸童子，三日夜鈔畢，但存其款式耳。其宋字形體，葉本已失之也。孫岷自識。

戊戌五月，借錢遵王鈔本校一過。其筆畫異同處，標識于首，以俟再考。趙靈均臨摹本亦歸林宗。五月十二日，并假再校，略無魯魚之謬矣。

影宋鈔西崑詶唱集跋

此書出郡人錢功甫手鈔，余從毛倩斧季印録者也。功甫爲磬室先生子，富於藏書，兼多秘本。牧翁先生語余，嘗訪書于功甫。功甫自歎無子，許悉以藏書相贈，約以次日往。退而通夕無寐，凌晨過其家，晤對移日，都不理昨語。微叩之，詭辭相却，已無意贈書矣。乃悵然而返。後又詣之，時值嚴冬，方暵窗日，手鈔《金人弔伐録》，且訊郵便，圖與曹能始覔粤西方志，始識其興復不淺。無惑乎前之食言，而求書之意，亦遂絶望矣。不踰年，功甫没，所藏俱雲烟散去，不謂此書尚流落人間也。牧翁絳雲未炬時，羽陵秘簡，甲于江南。生平慕此，獨未得見。頃，斧季從郡友借　牧翁已卧病逾月，未浹旬而仙去。豈秘書出没，固亦有數，而前後際終慳一見耶。緬惟疇昔，緒言如昨，典刑徂謝，尚期于二三夙素。繕録一編，焚諸殯宫，以申挂劍之義也。撫卷，爲之三嘆。甲辰六月十九日。

樂府詩集

樂府源流，莫詳於是書。牧翁先生舊有宋槧本，已久燼於絳雲之炬矣。馮子定遠向遊牧翁之門，曾借校元本。邑之校是書者，多取衷於馮本。余少時，同孫子岷自，從定遠借校毛氏刻本，距今已三十年矣。隨以其時，稍校此本，亦都不記憶也。惟毛氏刻本，亦云之牧氏宋刻，而與馮校本往往不合。蓋馮失之畧，毛校頗詳，而未免引據他書，參以臆改，宜其相去逕庭也。至他氏校本，多用馮本，以勘元刻，取其按圖之易涉筆而已，良不能無遺脱，亦頗踵雜引臆改之弊。甚矣，校書之難也。若元本經久缺板，鈔補諸幅，焉烏帝虎，人殊家異，尤無可據。求其定本，則又難之難者矣。郡人欽遠猷，以廉價購得宋本。初未知其佳，自余倩毛子黼季物色嗟賞，遂秘不出。黼季鄭重求假，扃藏愈固，僅得其所校元本，視馮本倍畧。且似錯以毛刻，而雜引亂真，臆改失据，又豈能無流弊哉。余推其旨，本無意於存真去僞，止以塞一瓻之請耳，然且不敢輕廢。余既與黼季校入趙本，又從葉子石君借得馮氏原校本，已失去前七卷。即其所存者，補趙校之闕，復從毛子奏尗假得汲古原校本勘入焉。庶幾諸本具列，以冀少存宋刻之面目也。校畢，重彙稡諸家，附入此本大要。馮氏所校，即未能詳，而確有可据處，首七卷，馮本既失，聊取趙氏馮校本，朱筆校入。今用爲主，俱從朱筆，其餘從青筆，以備攷索焉。余向怪初校之麄畧，而遜趙本爲美備。頃得馮本，讐勘數四，方能悉舉趙校所及，亦方得其六七耳。昔人謂「校書如拂塵埽」，其切喻也。余校此書，每本必至再至三，而於馮本，尤不憚煩。邢子才謂「校書爲愚人」，余則真爲愚人矣哉。放筆爲之一笑。己酉孟夏廿有四日，虞山覿菴陸貽典識於山涇老屋。

向借馮氏校本勘一過，距今已二十八年矣。頃從毛黼季借得亡友趙靈均馮校本再勘，是正弘多，頗怪向時之粗畧太甚也。趙亦出於馮，較己蒼本爲全備。定遠特具一二，故前後讐勘，詳畧碩異耳。此書毛氏刻本遠勝元本，惜乎世無有識之者。丁未季冬七日，貽典識。

趙跋云：「崇禎丁丑五月二日，借海虞馮氏所對宋本訂過。」

庚辰仲冬朔，借馮定遠本補勘畢。敕先識。

丁未十二月十一日，嚴寒中，又借錢求赤校本訂一過。敕先。

近體樂府三卷毛斧季手校本

辛亥七月廿六日，燈下。本集校訖，凡分三卷。後刻「郡人羅泌校正」。其別作字，俱另書，附于各卷之末。壬子六月六日，讀於松影堂。

珠玉詞跋

七月二十四日校。凡二鈔本，其一即底本也。章次皆同，而此刻獨異。據卷首，有潛翁手注，云「依宋刻本」。

小山詞跋

辛亥七月廿二日校。凡三鈔本，其一即底本也。章次皆同，而此刻自《玉樓春》後，即顛倒錯亂，不知何故？內一本，分二卷，自《歸田樂》以下爲下卷。其本極佳，得脱謬字極多，惜下卷已佚去耳。

東堂詞跋

七月廿一日校。凡三鈔本，其一即底本也。章次皆同，而與此刻異。内一小字本極佳，所得脱誤字極多。

溪堂詞跋

庚戌四月十三日，鈔本校。敕先。

酒邊詞跋

庚戌四月十三日，兩鈔本校。敕先。

石林詞跋

辛亥六月廿八日，三鈔本校。其一即底本也。

梅溪詞跋

六月廿九日，二鈔本校。其一即底本也。

白石詞跋

六月廿九日，二鈔本校。章次題注，與此全别。按，一本卷面有云「宜依花菴章次」，則此本葢依花菴付梓云。

樵隱詞跋

庚戌四月十三日，鈔本校。敕先。

仙源居士惜香樂府跋

庚戌四月十八日，晚刻鈔本校畢。敕先。

辛亥六月廿二日，漢威重校。

秋澗詞四卷明鈔本

己未七月二十八日，借俞邰集本，校于大江舟次。毛扆。

戊申重陽前四日，從錫山秦翰林留仙得鈔本宋元詞十四册，中有《秋澗詞》一卷，即此册也。惜逸其後三卷。後十年己酉中元後二日，復過錫山，訪于孫氏，又得宋元詞五十餘册，中有《秋澗詞》兩卷。是時，薄遊金陵，即攜至秦淮寓中。適訪黄俞邰藏書，見《秋澗文集》自八十四卷至八十七卷，載樂府四卷，因與借歸。其孫氏所得二册，即於歸舟校過。此册至家校之。其第四卷，並擬舊式，刻一格紙。命桐子鈔補，遂成完書矣。己未八月初三日，虞山毛扆識于汲古閣下。

乙丑六月十一日，從周氏録舊本，校一過。《百字謡》，周本亦缺，更脱《水調歌頭》三首耳。次序俱標于上，然無足取。彼爲分調，此則編年，當以此本爲勝也。校畢，雨窗漫記。毛扆。

前三卷，黼季已校過。并此卷，重用集本校一過。己未九月十有八日，覸菴典記。

樂府新編陽春白雪前後集跋

丁亥仲春，假孫岷自印寫元本鈔。敕先識。

是年季冬七日，從求赤借牧亝藏本校。

辛丑夏五，牧翁宗伯以絳雲樓燼餘諸書俱歸遵王，中有元刻《陽春白雪》，校此本。是月二十五日識。敕先。

辛丑五月二十七日，燈下校完元刻本。每葉三十二行，行三十七字。未知求赤所校，即是此書否？

羣經音辨跋

甲寅秋，得□於東郊冷攤。借斧季宋刻本校一過。□□末葉云。康熙乙卯仲春三月，雨中校畢識。虞山陸貽典。

乙卯四月，又借斧季鈔本校一過。已下缺，意此尚是北宋本也。貽典記。

中原音韵跋

《中原音韵》，余向有二本，俱失去。頃過遵王，出一本視余，字摹率更，梓刻精工爽朗，豁目快心，定爲佳本。竭五日之力，草率録此。追呼倥偬中，理此雅事，可發一胡盧也。康熙丙午九月，虞山陸貽典記。

求赤校畢，是日燈下校。敕先又識。

義門書跋

長洲　何焯　撰
吴縣　王欣夫　輯

昔全謝山嘗譏義門爲批尾之學，葢指其評校諸書。余竊不以爲然。義門爲學極博，無書不讀。生長吴會文獻之邦，久遊京師，多交通人。自天府以逮私家藏書，無不過目。得舊本，必研朱握管，詳校其異同。孰宋孰元，不憚再三。有所考訂議論，則書於眉上，并識其藏弆傳授源流。歲月分明，並附題跋，往往有一書先後歷數十年而不已者。開卷但覺朱墨紛披，光耀奪目。至其書法之工麗，猶爲餘事。生平不著一書，而其説散見於各書中，不下數百萬言。雖號稱專家者，或不能過。葢一埽前明之粗疏，而導夫吴學之先路者也。後來若惠定宇、顧千里、黄蕘圃等，勘正古籍，一承其例，而著述之盛，亦由評校積累而成。則凡治學者，舉不能出其範圍，批尾又何玷於學問哉！義門生平手校書，殆將數百種。蔣維鈞於乾隆時輯《義門讀書記》，僅得十八種。今存手跡及弟子後賢傳録者，十不三四。其散失者多矣。余得蔣氏未見者若干種，擬輯《續記》，乃先捊其題跋爲一編。惟所見不廣，采摭無多。諸家藏書志所載，往往衹及首尾，其中間及每卷末則遺之。此則須求得原書補之。比年古籍羣集於南北圖書館，此所未録者不少。迄因衰病，未能從事。老友陳君乃乾亦有志於此，借去録副，將益其未備而印行之。則此册者雖爲弁髦，亦所欣然也。一九六五年八月，吴縣王欣夫識。

周易集解十卷校宋本

斧季云是書胡氏初開者，訛脱不可讀。其尊人得宋本，遂重開之，獨爲一書之冠云。康熙庚寅冬日，焯記。

癸巳之冬，復命衹役武英。乙未夏初，御前以宋槧本數種重裝，中有是書，果毛氏舊物，分授斧季之兄奏叔，後歸季氏。不知何人進入天府。信乎斧季之言不妄也。書一刻於乾道，再刻於嘉定，有鮮于侁及其子申之二跋。所見者，乃嘉定大字本。焯又記。

周易平義通釋十二卷舊鈔本

胡雲峯《周易通釋》，世未有刻本，每欲讀之而不可得。庚寅春，至都門謁安溪師，見案頭有此書，閱之不忍去手。師因言：「宋元來解《易》者，惟雲峯最爲精密。子愛之，當以相贈。」喜極携歸，識此。後生何焯。

薛虞卿批尚書讀本

前輩爲科舉之學，攻苦如是，其不遇也，乃可言命。吾儕鹵莽，敢怨有秋之晚乎？書以志愧，并勵後之人，毋徒翫其字畫。康熙庚辰。

周禮注疏四十二卷校本

康熙丙戌，得見内府宋板元修本，粗校一過。何焯。

春秋經傳

當陽成侯集《春秋經傳》爲《解》，比老乃成。其書該貫三才，庶幾立言，斯實靡愧。宋之晁氏規其棄《經》信《傳》，然而錯綜盡變於《經》，亦云精且密矣。自唐以降，未之或先。近時鬻書者，乃竝刻宋末林氏荒淺之説，題曰《杜林合註》。經生弗審，但取煩多，豈知適亂耳目，都無發明。摯監孤行之論，聖人不易也。書肆中唯永懷堂、汲古閣二本，不襍以林説。而汲古閣本有鍾氏惺評點，尤可痛疾。因取永懷堂本，校其譌字，且明著林説之陋。或世之君子，由是專習杜義云爾。明之陸氏粲嘗爲《左傳附註》，顧氏炎武因之爲《杜解補正》三卷。其中解地理者十五條，或正昔違，或補曩闕，悉有援據，誠亦杜氏忠臣，故附於後焉。《釋例》十五卷，雖散見《正義》中，而不獲覩其全。當求而刻之，以備一家之學。陸氏《音義》，此本存僅半，殊屬乖疏。仍而不革，則書肆之力未逮也。康熙壬申秋九月。

孟子音義

建陽殘本《孟子》五册，得之虞山錢氏。末葉脱爛，手寫補完。篇敘自世綵堂以下諸刻，皆闕。毛丈斧季爲東海司寇，購得章邱李中麓少卿所藏北宋本，乃有之。余又傳於毛氏也。壬辰夏六月。

大宋重修廣韻五卷校曹刻本

楝亭重開此書，亦據一宋本。而箋中頗有删動，不如吾郡張氏所據之本，尚在其前也。康熙戊戌秋，偶取二本，校對數處。漫記。義門老民何焯。

平上去三聲，每字皆反切在後，此卷獨在前，蓋别自一本。字下注删節□□與顧寧人刻于楚州者無異也。

後漢書

康熙辛巳首夏，於召伯舟中閲完《續漢志》三十卷。毛氏《後漢書》所據之本，遠不逮班《書》，舟行又無從假他本互校，姑俟南歸再閲云。

初讀此書，嫌其繆訛爲多。及觀劉氏《刊誤》諸條，乃知在北宋即罕善本。緣前人重之不如班《書》故也。嘉靖中，南京國子監刊者，注經删削，此猶完書，故是一長。其舊本不差，此復滋謬，畧爲隨文改正云。康熙辛巳中秋後，題於保定行臺西序。

康熙癸未六月，侍八貝勒於南薰殿。架上有汪文盛刊本，因取以校此卷。汪氏亦仍譌襲舛，如前書《地理》，亦憚於互勘。書無善本，豈非苟簡之過哉！右在《郡國志》

自《律曆志》至此卷，康熙癸巳，偶得北宋小字殘本。冬日燈下，手校一過。版至精好，尤明小學，有「孝友之家」「鳳來齋」藏書印，不知出於誰氏也。右在《禮儀志》第六卷

自二十三卷至此，癸巳冬日得北宋殘本校。右在《輿服志下》

康熙甲午，心友弟得包山葉氏所藏殘本第三卷至此卷之半，以所校寄正，因改正數十處。右在《本紀》第九卷

殘北宋本止此。右在興平四年春三月下

自十九卷至二十二卷。康熙丁酉，祗役武英殿，偶見不全宋嘉定戊辰建安蔡琪純父一經堂開雕大字本。心以爲佳，因從典故者乞以校讎，則舛誤可爲憤歎。又《律曆志》之前，直删去劉宣卿《補注》本序。每卷平列大字二行，云「宋宣城太守范曄撰，唐章懷太子賢注」，竟不知諸志從孫宣公之請，始取司馬紹統《續漢志》，補蔚宗之闕。章懷但注《紀傳》，淳化所刊，止於九十卷爾。其憒憒之貽誤後人，真市賈之下劣者。識之，以見宋本亦有不足據信如此，非敢爲訐激也。七月既望，義門老民書。右在《郡國志》

三國志六十五卷 校本

是書甲戌閱於臨沂王氏。越七年辛巳，以安溪相國閱本校。乙酉，以宋本衢州刻本校。丁亥，又得不全宋本及元修本，訂其訛謬。又旁取《册府元龜》《太平御覽》《通鑑》《水經注》、范史、《晉書》，參其同異。陳子少章，亦與校讎焉。蔣子子遵又以宋板《三國志文類》校數十字。義門記。

五代史七十四卷校本

康熙甲申冬日，從虞山錢遵王先生長子楚殷，借得宗伯東澗翁所閲《五代史記》，因而傳之。此書乃宗伯壯年閲本，未爲精密。然視他人，則眉目井然具矣。余亦少有增損，殊以妄作自懼。焯記。

毛氏所刊《十七史》，此書最多訛。宗伯所閲，則萬曆四年祭酒周子義南雍刊本，毛本不逮也。余舊曾閲汪文盛刊本，亦有脱誤，在南雍本下。

庚寅九月，學徒蔣生子遵以汪本、毛本互較，增改毛本脱誤處凡百餘字。《張彦澤傳》中「李筠」誤「李崧」，賴汪本得改正。子遵向學之勤，尤可佳，并志之。

國語

虞山錢宗伯舊藏宋仁宗天聖七年所開《國語》，明道二年復經刊正者，最爲古本。矜愼不肯借傳，即同好亦罕得見。康熙甲子，余交其從孫孝修，嘗爲道之。後見其族孫遵王所撰《敏求記》，亦甚貴其書。己丑夏，吴興書賈忽以傳本來鬻。余驚喜，以重值購焉。此書與今世所行南宋本，增損多不同，其可從是正者，居十之六七，亦間有當據别本者。昔宋公序假其宗人緘所藏《國語》，取官私凡十五六本互校，乃作《補音》。此出於天聖，正與公序同時。不知其云得真本者，此即公序所見與否，亦特其一耳。若盡執此廢彼，則又失之，要在求其是而已。韋弘嗣所稱丹陽唐君者，名固，見《吴志·闞澤傳》後，著《國語》《公羊》《穀梁傳》注，講授常數十人，孫氏黄武中卒。公序記前世名儒傳學姓氏，獨不及固，因附詳之。

是年冬，余從雍熙寺西冷攤得南監宋槧舊本《補音》，則有「吴尚書僕射唐固，字子正，注《春秋外傳國語》二十一卷」一行，列敘於虞、韋之間。向者葢誤於麻沙新本爾。以斯知寡見不可以輕議也。

華陽國志十二卷校本

《華陽國志》，目録照錢叔寶所藏影宋鈔本録出。焯記。

《華陽國志》十二卷，初閲，見其訛謬甚多，疑非善本。及以新刊對校，乃知後來妄加竄定，有使人笑來者。此本尚存舊刻之真，而出於錢叔寶家，亦可信也。康熙己丑焯記。

釣磯立談一卷 校宋本

康熙丙申正月二日，義門老民何焯手校。前三葉，從子錦官補寫。心友得汲古閣舊鈔善本，從賚研齋寄到都下者也。

新安小志

鄂州此書，獨爲簡嚴有法，同時諸公郡邑志，皆所不及。余求之數年不得。辛巳春，洪君雨平見之里中故家，猶是宋雕元本，倩人鈔以見貽。洪君産日落，乃猶好事如此，彌可感云。康熙丙申冬日。

水經注

甲戌八月，寓臨沂，讀《三國志》畢，因裴《注》而及此書。鬱儀中尉「非博士言所急」之誚，庶可解免。然此書携以自隨，已逾一年，始得寓目。而余於科舉之業，未嘗少進，恐博士既從而咻之，如中尉者，又將嗤鄙之耳。在卷首

洪景伯《隸釋》，集善長所載漢魏諸碑爲一卷。其後云：「時無善長，雌黄不可妄下。」當日猶云爾，況今日乎！

鬱儀中尉於此書不爲無功，惜如《隸釋》及《通鑑注》之類，不加旁求博證耳。康熙戊戌八月。在卷末

乾隆己卯莫春，從吾友金陵陶蘅湘圃，借季滄葦校本，寫於蕪郡客舍，帀月而竟。長谷沈大成記。

庚辰初夏，從吾友吴中朱文游奂，借何義門先生校本，復校於廣陵。同觀者，休寧戴東原震，亦嗜古之士也。大成又記。

是書初與戴君同校於廣陵，甫數卷，而余病中輟。今幸不死，竣事，而東原聞爲譖，拂衣歸歙。余淹留，卧病在家，别未半載，事變如是，未知何日再與吾友商榷也。嗟嗟！客子畏人，羣邪醜正。吾兩人所謂背影而馳者，宜其然耳。大雪後一日，大成又記。均在卷首

余比年來外傷棘枳，内困米鹽，有人世所不能堪者。而惟借善本書校之，丹墨矻矻，逆旅不輟，此多生結習，未能破除，翻借以解我愁耳。是書，小春少間，復校。病餘體弱，舉筆即昏然思睡。日盡一卷，幾不能支，越月始竟。既以原本歸吴門朱氏，復記於此云。庚辰十一月朔，沈大成。在卷末

嘉興懷有芷同年從吴榷堂處借得此本，長夏無事，借校一過。季本用藍筆，何本用墨筆。在卷首

水經注評釋 卷明刻本

善長生長河外，喪亂之餘，載籍蓋寡。其所引用，儉於劉昭之注補《郡國》也。特其所

有者，自唐以下，又磨滅太半，故後人視之，猶多異聞新事耳。在《引用書目》後

中吴紀聞六卷校宋本

毛斧季從崑山葉九來借得舊録本，乃其先文莊公菉竹堂所藏故物。開卷有文莊名字、官銜三印。卷末一行云：「洪武八年，從盧公武假本録傳。」此書始自公武訪求校定，復出於世。此同邑録傳之本，宜其可從是正也。友人王受桓借得斧季勘本，予復傳焉，因記其所自。康熙庚辰十二月十九日，雪霽牕明，呵凍書。焯。

全史吏鑑四卷明刊本

《記》中「阿耨達水通神甸之八川」，褚公所書二本皆然。相如《上林》云：「八川分流，相背異態。」注家引潘岳《關中記》云：「涇、渭、壩、滻、酆、鎬、潦、潏，凡八川。」葢指此爾。懷仁集王書，乃作「甸」，何以與「嵩華」屬對乎？然彼法本外文字，不足異也。《穀梁春秋·桓十有四年傳》「嘗必有兼甸之事」，或見上文，云「甸粟」，又轉寫誤而爲「甸」。楊

士勛《疏》遂以爲夫人兼甸人之事。經師有此，則其失甚矣。

五代會要三十卷孫潛夫手鈔本

丁未年，假葉林宗所鈔本寫出。爲日用紙四百一番。

九月九日早晨卒業，記此。菽園孫潛。

康熙己卯，從金陵書肆市歸。辛巳春日，工人郁生爲余重裝，因記其後。濠梁何焯。

大金集禮四十卷舊鈔本

此書乃錢遵王故物。康熙己丑，余偶至虞山，得之質庫所鬻襍書中。不知何時何人從文淵閣鈔出者？前代稟擬，皆裁此紙作簽。今則彌疎而易壞爛，然其種類一也。何焯記。

酌中志

本二十四篇，今《黑頭爰立》一篇缺者，乃故輔删去，鈔謄百餘本，流布南北，以滅其迹者也。然今鬻書者，非有是篇不售。人争喜談，以資抵掌，竟何益哉。

金石録三十卷校明葉氏鈔本

《金石録》近無刻本。是先，文莊公鈔藏，復經先大父手輯一過，不知何時散逸。頃從吴興書賈高價售之，還我舊物。先公云：「遇此善本，如獲寶玉。」今小子得之，則不啻傳家之天球、河圖矣。後之人其寶藏之。崇禎癸未仲秋晦日，六世元孫國華百拜識。

予讀文莊公後跋，以不得見《隸釋》爲恨。康熙己丑中秋，虞山錢楚殷以盛仲友所傳吴文定家本見遺，因取此書第十四卷《會稽東部都尉路君闕銘》以下，至此卷《范式碑》，其説載在《隸釋》者互勘之，校正譌字十餘處。如《馮緄碑》言，以屯騎校尉爲將軍，尤其不容不正者也。義門迂士何焯記。

《金石録》三十卷，崑山葉文莊公故物，首尾二紙，則公手所自書。余收得吴文定公寫本書，亦皆然。乃知前賢事事必有體源，貴乎多見而識之也。康熙己丑五月，何焯記。

甲午，余在京師。心友書來，則又收得吴文定叢書堂本矣。並以識之。

金石録三十卷 舊鈔本

鈔此書者，格行皆仿瀫東老漁元本槧成，可謂好事矣。康熙壬辰，汲古主人命余校後跋中譌字，因識。後生何焯。

隸釋二十七卷 明鈔本

《隸釋》六册，虞山錢楚殷所贈。始以其多訛謬，未之重也。後偶檢萬曆間刻本十九卷中《魏受禪表》，遂脱去二葉，而此舊鈔者尚存，乃知其可貴。顧安得一宋刻者，詳加是正乎？仲交親遇青城所藏，不即携本就勘，良可惜爾。康熙甲午三月何焯識。

隸續二十一卷校本

《隸釋續》二十一卷，康熙丙戌楝亭曹子清刻于揚州使院，内闕第九、第十兩卷。案《中興藝文志》及陳直齋《書録解題》，皆稱二十一卷。元泰定間刻本，止存前七卷，而范氏天一閣、曹氏古林、徐氏傳是樓所藏，亦皆七卷，無全本。朱編修竹垞從琴川毛氏得舊鈔，七卷之外，增多一百一十七番，末有乾道三年弟邁後序、淳熙六年喻良能跋尾，然後二十一卷幾全。此本即依毛氏本付梓，殘闕譌誤，悉仍其舊。予間取石刻及他書校勘，訛字之多，如埽敗葉，隨埽隨有，不能盡去。然諸跋語亦稍稍可讀。又竹垞謂繹、邁後序，尚有《隸韻》《隸圖》，而今不可得見。跋尾稱《隸釋》二十七卷，《隸續》十卷，既墨于版，復冥搜旁取，又得九卷。則當時所刻，亦止一十九卷。將無餘二卷爲《隸韻》《隸圖》耶？考第八卷載之畫像末云「有《隸圖》中卷」，則當有上下兩卷，合有三卷。而十七、十八兩卷，俱係畫像，其爲上下卷無疑。是《隸圖》固未嘗闕也。錢氏《讀書敏求記》云：「景伯又集字同體異，參差不可齊者，依聲而彙之，曰《隸韻》。予家有其本，洵宋搨中奇寶也。」則《隸韻》

乃別爲一書，亦不在所闕二卷内矣。婁氏《漢隸字源》目録所闕二卷本，無碑目可考，恐屬「碑圖」「碑式」之類，而無全本可證，良可惜云。康熙丁酉長至後二日，義門迂士識。

石刻鋪敘二卷 舊鈔本

吾吴元時有陳天倪先生，名徵，字明善。二子：汝秩，字惟寅；汝言，字惟允。惟允之子繼，字嗣初，本廬山人，以文學書其家《甲秀堂帖》。豈其所刻耶？然他書所載，有廬山李氏《甲秀堂帖》。此作陳氏，《家集》中字誤也。王氏《四部稿》中亦作陳氏，其帖凡五卷。康熙乙未，心友從汲古閣得《甲秀堂》四册。文文水以「元亨利貞」題籤，刻工甚下，豈又翻本耶？

朱彝尊云：「宏父本名惇，紹興十三年，以右散郎知台州府事。避光宗諱，以字行。」陳思輯《寶刻叢編》，援據頗廣，不及是編，在當時，亦罕見云。

宏父以詩頌咸陽，曰爲聖相，緣此知台州。咸陽指賊臣秦檜也。詩云：「裴度只今真聖相，勒碑千載可無人？」見《能改齋漫録》第五卷。米元暉《瀟湘圖》有宏父題。

宏父者，公度之子。李祖堯《孫尚書内簡尺牘》注中，載其守黄日，重建棲霞樓及東坡雪堂。有棲霞雪堂詩詞，及雪堂上梁文，皆可諷誦，亦烏衣子弟之俊者也。不知其遺集猶可訪求否？

同時趙希弁《讀書附志》中，載《鳳墅帖》二十卷、《畫帖》二卷、《續帖》四卷，亦云廬陵曾宏父附志，刻于淳熙乙酉。案，自高宗紹興十三年癸亥，至理宗淳祐二年壬寅，相去凡九十九年，則此宏父乃别一人，非空青之子名淳者也。竹垞跋語，殊誤後生。

鳳墅帖後「戊申」字，則淳祐八年，爲相去一百又五年矣。康熙辛卯，得顧可承家舊鈔本，稍正數字。顧名德育，廉吏榮甫之子也。焯記。

淳化法帖考異

石雲少而從游於鄒東郭、唐荆川，厭薄舉子業。務博覽，尤究心朝野掌故。胡梅林嘗招致幕下，括囊而退。嚴文靖復以書幣至，抗言辭之，遂以丹楊布衣終。姜鳳阿志其墓。外生姜重生摎其遺書數種，陳仲醇序而刻之。其《江淵迂談》及遺稿，予未之見也。

瘞鶴銘考

吾鄉大石山人爲《瘞鶴銘考》，在正德戊寅。時吴都文獻猶盛，而所援據頗率畧。退谷先生此編後出，顧書其廢矣。焯小生寡聞，先生迺採其一言，俾得攀緣驥尾。雖邀榮幸，亦竊怵懼非分云。

史通二十卷 校本

先王父有節録《内篇》，乙亥初夏，得之篋衍。用以參校，復改數字。焯書。

甲申冬日重閲，又改數字。戊戌春日重閲，又改數字，仍多疑而未定者。可以驗吾學之陋，老而無聞矣。書示餘兒，庶用爲鑒誡，早日鞭策也。

甲戌十二月，歸自臨沂，整比家中舊書。因抽此帙，以消殘臈。按：張氏謂曾得宋代刻本，乃譌舛，正待點勘，何歟?爲即其顯著者雌黄數處，疑者則仍闕焉。廿又八日，焯書於貞志居。

觀《玉海》中所引《史通》，亦有譌字脱文，乃知此書自宋時，即尠善本。或不至若此甚耳。甲申除夕重閲，盡此卷，因而識之。時住八貝勒邸中。焯。

《唐·藝文志》：《柳氏釋史》十卷，柳璨所著，一作《史通析微》。今不復傳。

蜀本第五卷、第七卷，皆有錯誤。此本於第五卷已刊正，惟此《曲筆篇》中十一行，誤在《鑒識篇》中，賴得馮氏閲本正之。後有重刻《史通》者，可取徵也。康熙丙戌中秋，焯識。

後見萬曆中郭氏刊本，已正其違錯。書固須遍觀也。癸巳冬至，又識。

己丑重陽，從錢楚殷借得孱守居士閲本，因録其評語。其在行側者，録之闌下。議論亦多英快，虞山學者，極矜重之。僅季滄葦一人嘗通假爾，非楚殷好我，末由見也。始誤以爲牧翁初入史館時所閲，故闌上下皆寫錢評。詳質之楚殷，乃改正云。焯。

史記論文一百三十卷評本

讀文須得其旨歸，不特章法、句法渾淪一線，要看其記事之起伏照應，略無一點遺漏處，方得讀古文。余於此書細加評閲，庶俾讀者知所適從云。義門何焯記。

新序十卷明刊本

康熙庚寅四月，借憩稿巷李氏所蓄陽山顧大有舊藏宋槧本初校。焯記。

揚子法言十三卷校本

李軌注《法言》十三卷，《音義》一卷。今虞山錢氏尚有宋刻，或是當時國子監所行本也。

「天復」爲唐昭宗紀元，則李祠部疑爲石晉之人。後人不察，以爲典午之代，復爲柳州補注，以附益之耳。柳州《答韋珩書》，頗輕揚子，其不爲注也決矣。温公尊信揚子之過，以爲《法言》東漢已行，注者不宜始是近代，遂不致疑也。客邸無《隋書》可質李氏書之真僞，姑記之。己卯辜月，清苑行臺書。焯。

《隋書·經籍志》侯芭、李軌注，皆著録。芭書亡矣。然則《音義》疑自後人補之。柳注之僞，無可疑也。殘臈又記。

絳雲樓舊藏李注《揚子法言》，序篇在末卷，未淆本書次序。復轉入泰興季氏，又歸傳是樓。康熙己亥，心友弟偶獲見之，略校訛字，寄至京師。冬日呵凍，自校此本。他日餘兒苟能讀之，乃不負二父殷勤訪求善本，以貽後人之意也。老潛記。

此本每條之首，有朱筆一點及乙處，皆安溪先生取以入榕村講授本中。後又命其子世得與焯稍删其可緩者六，增以未備者凡二條焉。後人得之者，當珍視諸。己卯除夜，清苑行臺西廂記。焯。

太玄經十卷

前有陸績《述玄》，後附王涯《説玄》五篇。又《釋音》一卷。

康熙□□□錢求赤所傳，馮嗣京校，嘉靖甲申江都郝梁子高刊本。因取此本對校，則郝梁所據，非有宋善本。其中脱誤甚多，當是麻沙坊刻。此萬玉堂本，誤處最少，在前朝□當爲第一，見則必收之爲副本也。四月晦日，燈下焯記。

淮南鴻烈解二十一卷校明刊本

《淮南》一書，苦無善本可校，以意改正數字。焯記。

申鑑一卷明萬曆刻本

仲豫之文，擬《法言》而爲也。其謂匹夫匹婦處畎畝之間，必禮樂存焉。雖聖門，亦必取諸。屺瞻識。

法書要録十卷汲古閣刻本

他卷衹校一過，唯此賦再校。焯記。卷六《述書賦》後

康熙丙戌冬十一月，從書畫譜局中借得内府宋槧陳思《書苑菁華》。適心友在都下，

就所載者，略校一過。焯記。

適復得萬曆以前舊鈔本，乃吴岫方山所藏，因手校一過。其中改正，非止一二處，且知陳思所編《書苑菁華》，雖出宋槧，終是市人，不得爲善本也。第十卷錯謬尤甚，復脱去數帖，亦有本不可通曉者。因以譚公度所藏《墨池編》鈔本參校之。朱伯原謂「所録書語，類多脱誤不倫，未得善本，盡爲刊正，亦闕疑之義」，則此書在宋東都時，已難讀，況去之又五百餘年邪！伯原又云：「彦遠之迹，存於山谷之碑陰，筆畫疎慢，能藏而不能學，乃好事之大弊。」又云：「彦遠博學有文辭，乾符中至大理卿。」因再附著，以貽他年之讀者。越明年丁亥上元節假，焯又記於語古小齋。

法書通釋

此册是崑山葉文莊公故書。前有宣府關防，疑鈔胥即此土人，故拙劣甚耶。然雲門山樵九字，乃公所自書。賢者之遺翰，後人宜珍惜也。康熙丙申秋夜。

庚子銷夏記八卷評本

北海於翰墨，未爲精鑑，而一時天府流落人間，及士大夫所藏，往往在焉。可以備攷證，資譚笑，此八卷固不可少也。《大觀太清樓帖》，今在華亭司農公文房。不閲此，亦安知當年得之之難如此，而其子孫不善守，爲可喟息耶！康熙癸巳，何焯識。

顔氏家訓七卷攷證一卷宋刻本

此書爲沈虞卿所刊。周益公以殫見洽聞，與尤延之並稱之。本汲古閣舊藏，後歸北客。康熙甲午，余復以厚直購而獲焉。與尤氏校刊《山海經》，可爲亞匹。虞卿紹熙中嘗以中大夫秘閣修撰知吾郡，見《范志》「牧守題名」云。義門野士何焯書。

虞卿自號近遇，見楊廷秀《朝天集》。

刊謬正俗十卷舊鈔本

康熙戊戌二月，燈下讀此書。既無他本可以借校，而自愧見書不多，遇有所疑，不能決定，僅略改其所知者。異日子弟中向學者，其爲我成之。顔監之作，亦以補《家訓》中《書證》《音辭》二篇所缺。後人當有志於希賢也。焯記。

猗覺寮雜記二卷舊鈔本

觀書中所記，新仲于學，遠不逮洪氏兄弟之該洽。當以忠宣平生執友，故推避之耳。何焯記。

康熙庚寅二月，余年五十。虞山邵甘來，以此書賀生辰，遂忘其貪而受之。中多訛謬，余既淺學，又初校，恐未能得其半耳。焯記。

是年冬十一月，毛丈斧季見余所校，因出其藏本見借，亦非善本。唯中闕二葉，則賴毛氏本始知之爾。焯又記。

辛卯春，就堂上人又以所藏錢功父本見借。錢本是從宋槧本影鈔者，亦以「士大夫學佛」一條，接寫「曆書七十二候」一條之下，則仍似無闕也。後有功父題識，并附鈔於左。

此書乃丙辰九月十日，借張千里本，連日夜鈔完。丁巳六月十三日，江陰李貫之借歸，至十月十二日留住真本，以此册見還。十二月二十一日，常熟錢受之借去，拆散影鈔，顛倒亂釘。今年戊午閏四月初六日，始還，一向怕看。七月初九日，始復拆散理清，草釘如右。然其中差譌，不知無算也。借與人書，不可不慎。裝完，因寫於後。七十八翁記。

錢於是書，亦無所是正，而題識字畫，絕無老人衰憊之態，正足歎羨。焯又記。

康熙丙申六月，借小山從汲古閣本付鈔。其本已爲義門校過，茲用爲校對一過。二十二日午刻畢。

能改齋漫録

此書中所載詩筆，間有爲本集拾遺，如南豐懷友之類，差可喜。其人凡士，議論無足採者。原本出焦弱侯家，訛謬最甚。學徒程生雲上，俾其兩弟傳録見貽，識其厚意。康熙辛卯秋日，裝就。焯書。

聞之毛丈斧季，此書從秘閣鈔出者，本缺首尾二卷。焦弱侯家所傳本，遂以第二卷分作兩卷，第十七卷分作兩卷。其實非完書，倦圃、竹垞皆不知也。壬辰正月，焯書。

所著雖小書，安有開卷却辨論「樓羅」二字？可知有闕軼，不特失却序也。焯又書。

据《雲麓漫鈔》，其人乃秦檜之下客耳。既云有第十九卷，則即十八卷皆具，亦非完書也。焯又書。

曾，臨江人。年二十三，著《唐史辨疑》，孫仲益爲之序，見《大全集》中。

容齋一筆十六卷二筆十六卷三筆十六卷四筆十六卷五筆十卷明刻本

此書余得之顧布衣君源。前有調巽甫序，識重刻之緣起，行文猶有震川餘韻。而君源棄之，豈以其序中及鵝籠公故邪？焯記。甲戌又五月初九日。

沂州奈園書塾，雨窗閲此。書刻於崇禎間，舛誤必多，惜余淺學，不能正也。平陽兄有亭林手書小字節本，假而校之。此本先生出於邱子成先生家，比之嘉靖以前舊本爲優。練以文有沈存中《筆談》刊本，余家無之，其版亦尚存，他日尚當置一本也。何焯記。

前四筆皆十六卷，而此止於十卷，蓋未成而公已捐館□□之已五年，今始粗閱一過。余之廢學，亦可見矣。去年□□□□書頗多，咸以爲非計。不知都下借書，至不易得也。冬間□□□滯大定精舍。鄉人以會試至者，誚余曰：「所攜書，亦曾看過□□否？」余愧謝之。然欲於半歲中閱三四千卷，雖古人，或難之。鄉人殆不識甘苦之語，以警余之惰，則可耳。又五月二十一日燈下，沂州奈園書塾書。屺瞻。

康熙乙未十二月重閱□□中，至正月三日而畢，去甲戌客臨淮沂時，已二十餘年矣。余精神日以向衰，讀書所向，拉滯聰明，非復當□□□之。留示餘兒，少小當早自鞭策也。

賓退録十卷 影宋鈔本

康熙庚寅之春，桐城方扶南見贈。此書從竹垞先生家傳録，其中缺一葉云。焯記。

三月，借汲古閣所藏硯北孫翁傳本，屬學徒金生儼深補鈔。又記。甜閒主人。

癸巳秋日□□□□□□□□□□□所藏。有此後序一篇，録以見贈。亦其所藏，有此佳事。焯記。

困學紀聞二十卷校本

己未冬日謁曹侍郎秋岳先生於集福精舍。先生教之曰：「宋説家之書，莫如洪容齋、王伯厚爲優。然《困學紀聞》條理尤爲秩然，不可以不亟讀也。」退而謹識於硯匣。至丙寅游山陽，乃於肆中得之，沾溉之益，良非一二可竟，南北奔走，亦未嘗不偕也。丙戌春，爲故友閻百詩先生校此書，付之開雕，因加重閱，記諸第一卷之尾。

丙戌春日，皇子四貝勒命爲閻氏校勘訛字，重閲一過。其中徵引之書，仍有未能盡悉者，甚滋學荒記疎之懼。七月廿六日，以病在告，漫記卷尾。

困學紀聞

丙戌春日，重閲一過。其中徵引之書，仍有未能盡悉者，甚滋學荒記疎之懼。七月二十六日，以病在告，漫記卷尾。

封氏聞見記十卷校本

康熙丁未仲冬念四日甲子，陰窗閲。何焯。

閒居録一卷鈔本

《王止仲集》中有《吾子行傳》，載其事爲詳核，宜補録之。此册出于曹秋嶽侍郎家，林若撫手鈔也。康熙戊子秋，翁家所藏殘書皆歸青霞堂書庫。此册偶爲陸其清借鈔，乃以傳本徼進，獨得留余架上云。焯記。

洞天清禄集一卷鈔本

此書近時刻本皆譌「清禄」爲「清録」，且删去「集」字。又謬分爲十一門，似未詳讀本序者也。於《古畫辨》中，次第亦多錯亂，皆當以此本爲正。康熙癸巳，義門何焯記。

畫墁録一卷 明鈔本

康熙壬辰，蔣生從崑山葉氏得此本。予適借汲古毛氏舊鈔本，稍正其譌謬。然其中向有不可讀者，特比新刻，庶差勝爾。何焯記。

唐語林 卷

此書篇目，皆準《世説》，當爲四卷，不自《賢媛》止也。此三卷中，亦闕《捷悟》《豪爽》《自新》《傷逝》四篇，殆齊氏所見，已非完書爾。康熙壬申秋日，何焯書。

《唐語林》雖非善本，然是牧翁架上故書，經其點閲者。又從泰興季氏散出，而余得之沈氏書肆者也。康熙丙申端陽節假，余以先君子忌辰不出，因理書册。漫記，以留示壽餘。義門潛夫。

揮麈前録四卷後録十一卷三録三卷餘話四卷校本

康熙己丑，表弟吴紫臣收得葉氏菉竹堂所藏《揮麈前録》四卷，手校一過。其書猶宋刻，中有側注，「五路舉子分數」下二行，其書蹟乃元人也。焯記。

歸潛志　卷

《歸潛志》凡十四卷，此非完書也。庚寅冬日，從汲古閣借得鈔本，乃洞陘柳僉大中物，亦止八卷。因而對校柳本，譌謬甚多，亦非佳本。當更從藏書家訪之。焯記。

録異記

右《録異記》一集，凡八卷七十類，乃五代人杜光庭所纂。得於友人家，假歸録出，仍鈔別本，總計七十翻。時正德己卯三月望後一日，吴門柳僉大中録畢於桐涇別墅之清遠樓中。其日細雨，閉門弄筆，强述一章以記之：

鈔書與讀書，日日愛樓居。窗下滿池水，萍間卻餌魚。時名隨巧拙，天道已盈虛。莫信村居好，山居樂有餘。

己卯首夏，訪大中村居，承假是録。録畢，用書尾原韻奉謝：

生平酷好書，僻性懨城居。洗杓嘗鴟酒，焚芸辟蠹魚。荷君函裹秘，益我腹中虛。好語田園輩，辛勤廿載餘。

端陽後二日，長洲守約道人俞弁志字子容，著《山樵暇語》十卷。按，此注用墨筆，審其字，似是義門手迹。

萬曆己丑首夏，趙子元度訪予齋居，欲得文中子《元經》，舉以贈之。因語予近得杜光庭《録異記》，凡八卷。予請借觀。去數日，録一册見贈。據前二跋，距正德己卯，又七十一矣。元度爲今大司成定宇公冢器，翩翩好古，言論風旨，綽有父風。蓋後來之俊云。是歲端陽後二日，酉巖山人謹識。

方書此時，亦漫然耳。至六月廿日復觀，乃與前跋俱端陽後二日。事之偶合如此，亦異矣哉。西巖并書。西巖名四麟。案，此注用朱筆，當是蕘圃所記。以上各跋，均在卷末。

杜光庭，長安人。應九經舉，屢不第。思欲脱利名，逍遥物外。會僖宗幸蜀，以蜀中道門牢落，思得名士以振之。時潘尊師道術甚高，僖宗所重。光庭數下闕三字僖宗駕回，詔尊師於兩街，求其可者，遂以光庭應詔。僖宗召問稱旨，即令披戴，仍賜紫衣，號廣成先生，馳驛赴蜀。及王建據蜀，待之尤厚，又號爲天師。光庭嘗以《道德經》注者雖多，未暢厥旨，因著《廣成義》八十卷，他術稱是。識者多之。右出陶岳《五代史補》。己丑季夏，西巖子録。在卷首。

余生五十三年，但知有安愚，而不知有守約。今乃并得讀其詩。二老風流可愛，他日誌耆舊者，當訪其事蹟存之也。康熙癸巳。

南華真經十卷明世德堂刊本

此書葑門周氏有北宋善本，經宋人點句分段，爲金素公購去。康熙甲午，得素公校本傳之。書閫所載某本作某字、多某字者，皆宋人之舊本也。北宋間此書獨無釋文，亦有一兩處是釋文所載者，並仍而不改焉。老潛焯記。

庾開府詩集六卷明刻本

小庾集，近時江左藏書家不聞有宋槧善本。朱氏此刻差勝。康熙辛巳買得，因記之。焯記。

王摩詰集十卷校本

戊子，借毛斧季宋槧影寫本，倩道林叔校過。焯記。

《摩詰集》，先借毛斧季十丈宋槧影寫本，屬道林叔校過。康熙己亥，又借退谷前輩從東海相國架上宋槧本手鈔者再校，此集庶可傳信矣。記示餘兒。

唐劉隨州詩集十一卷校本

康熙丙戌二月，得見文淵閣不全《隨州集》，校此五卷南宋書棚本也。焯記。

毛丈斧季云：「《隨州集》難得佳本。」凡校三過，庶無疏畧矣。又記。

丁亥二月，以二弟所買馮定遠舊藏鈔本校後五卷。其次第與宋槧目録皆合，蓋佳書也。文房詩庶幾稍可讀矣。焯記。

嚴天池家鈔本，後五卷次第亦同。復取參校，改五字。焯又記。

韋蘇州集十卷校宋本

丁亥仲冬，從朱文游先生架上，假得宋槧《韋蘇州集》，因以是本對臨。但宋刻亦多謬訛，字體尤參差。兹就是者從之，其不必從及訛者，亦寫於本字之旁，或注明於下方，以備參考。閲後序一篇，蓋韋詩之刻，始於熙寧九年度支郎中昌黎韓公出知蘇州府事，命賓佐參校，而終之於權知吴縣事葛蘩。此本殆舉蘩本重梓者，未著年月，亦不能詳其出於何人也。

項氏玉淵堂本較勝，無續添諸篇。

歐陽行周文集十卷舊鈔本

康熙乙丑重陽前一日，從内弟吴紫臣借得所收葉文莊公家鈔本，手校改正數處。葉本與此亦互有得失，俟訪得宋雕及他藏書家善本，當再校之。行周文尚爲李元賓之亞，然其諸序固未減梁補闕，特不宜於多爾。昆湖舟中，義門焯記。

長江集

此册真鈍吟老人所點，流轉入郡中一人手。沈生潁谷知余慕從老人議論，用白金二十銖購以見贈。書後諸名氏：孫江字岷自、錢孫保字求赤、陶世濟字子齊，皆有文而與老人善。孫、錢名載邑志，陶事詳老人兄孱守居士所著《懷舊集》中云。康熙癸巳秋。

湘蘅所得校本，出馮竇伯手，最可徵信。今歸于家弟心友。辛巳春，見張孟恭家宋槧本，前闕目録，出自定遠先生鈔補。意竇伯當年所從刊正也。張氏子言，孟恭昔以白金十兩市之朱方初，倉卒不可得，今不知落何處矣。康熙甲申春，焯記。時居皇子八貝勒府中東廂。

余家有舊鈔《長江集》一册，得之朱之赤家，僅有近體，書蹟尤不工。然是從宋刻善本傳録者也。甲申初秋，雨窗，取以對校，復改正三四處。

丙戌初秋，得毛豹孫宋本影鈔《長江集》，復手校一過。張氏書聞尚在，惜吾力不能致之耳。

己丑夏，張氏以書質于心友，因再校。

庚寅春，借毛丈斧季從趙玄度所藏宋本對校者，又校，凡改三字。

浪仙身没遠外，又無子嗣，莫能收拾其遺文。雖孤絶之句流傳人口，然散佚多矣。蜀本出於後人掇拾，反雜以他人之作，如《才調集》中所載《早行》《老將》諸篇，足爲出格，顧在所遺，他可知矣。《寄遠》一篇，亦《才調集》所載者，勝荆公《百家選》，則就蜀本録之者耳。

長江集

此册無古詩，又書者甚不工，然當日所據，乃宋刻之善者。余有常熟馮氏勘本。甲申新秋，雨窗對校，改正其中譌字數處。馮本亦尚有訛謬，賴此得爲完書。後人勿易視之。

此鈔缺處，皆與宋本同。後得張氏所藏書棚本，再校，止改《登樓》落句一「比」字耳。

李賀歌詩編

内府宋槧《二十家唐人集》，《長吉歌詩編》在焉。祇役武英，偶得見之，苦無閒暇携本校勘也。會心友北來，篋有金源趙衍所開《歌詩編》四卷，其後題云：「龍山先生所藏舊本，乃司馬温公物。」一見心開，燈下自校至再，改正訛字。其可疑者，亦記於闌下，俟異日遇宋本決定之。康熙丙戌九月，香案小吏何焯書於語古小齋中。

戊戌二月，方文輈從常州一士人借得北宋本《歌詩編》，有文輈耑文補寫三葉，且記目録後云：「此書半偈翁舊藏，今歸青甫舅氏。」半偈庵，王百穀所築精舍。其祖子長之外舅。青甫，則張丑也。不知亦許借校與否，姑記之。

集外詩往往見於《文苑英華》《唐文粹》中。《英華》多下注「集作某」，意本是集中所有，而此所編四卷失之耶？聞大字本出於鮑欽止者最善，猶庶幾得見焉。丙戌九月下直，燈下記。

李長吉歌詩四卷校本

庚寅，借得毛斧季南宋本校過者，復正數字。已爲善本，後人勿棄擲之。焯記。

異同處俱照《文苹》《英華》改定。康熙丙戌，得見碣石趙衍刊本，又稍加是正。趙本止四卷，不載集外詩。

康熙庚午冬，寓京師。欲讀長吉詩，無之，因從肆中買得此惡本。屢經目，便不忍棄去。後人念余見書之難，願勵志向學也。後二十年焯記。

乾隆丁巳夏五，從從弟三學借得侍讀先生批校本，傳閱一過。跋中斥爲惡本，葢會稽曾氏本也。此本實勝曾刻，更得校勘審細，便爲良書，勿易視也。虹橋何仲子記。

孝章金先生身後圖籍散失，此本亦其架上物也。卷中印記宛然。卷首標題，尚屬不寐道人手迹。余數歲前，從城隍廟前書肆中以白金數銖得之，再識於後。

白香山集四十卷 一隅草堂刻本

聞之錢曾王云：絳雲樓舊有廬山本白集，燬於庚寅之災。然此本亦非唐時所藏故物刊刻。陸放翁《入蜀記》云：「白公嘗以文集留草堂，後屢已逸。真宗皇帝嘗令崇文院寫校，包以斑竹帙，送寺。建炎中，又壞於兵。今獨有姑蘇板本一帙，備故事耳。」是以黄山谷類編生平之詩内外篇者，乃照崇文寫校之本。南宋以後，則所藏廬山者，又不過姑蘇板本，可無異人處也。讀白集者，但得宋本便佳，非必以廬山爲甲云。康熙癸未，何焯記于南薰殿之直廬。時立秋前二日也。

齊己《白蓮集》有《賀行軍太傅得白氏東林集》詩云：「樂天歌詠有遺編，留在東林伴白蓮。百氏典墳隨喪亂，一家風雅獨完全。嘗聞荆渚通侯論，果遂吴都使者傳。仰賀斯文歸朗鑒，永資聲政入薰絃。」觀此，則書歸高氏。或傳秦王從榮取去者，非也。以上卷一末

甲戌正月二十二日燈下，爲魯田族校白集。讀此詩數遍，放筆浩歎，起行數巡。深媿不能堅守故山，碌碌緇塵也。卷二《續古詩》第六首後

己卯臯月，復以元板郭茂倩《樂府》勘此五十篇，又改正五字，然皆所能知者。郭本每篇字句之數，亦無異同云。焯又書。卷四末

庚午十月十三日，夜夢至一仙山。一老人乞桃二枚，鮮如胭脂，其香噴鼻。私念冬月安得有此，遽取一枚，噉其半。同遊四五人，皆懷之不食。欲置而甚貪其味，遂因噉之至盡。俄有神將四五人至，視余曰：「此有仙分，惜已老矣。」後遍視同遊者，曰：「皆不如此人。」因謂余亦可以學仙，但爾心甚放，非鍊禁一年，未可授以藥訣也。余唯唯。神將遽取石鏈，鏁余山石上，余亦不以爲苦。俄復見汪武曹至。余語之曰：「我已學仙。以放心難收，故鎖禁于此，家中故不知也。我無子，妻雖窮苦，然亦可脱屣置。獨我父望子甚切，而身忽作道士，無以慰親心耳。」因涕下不已，且謂汪曰：「愛緣未斷，恐愛學仙，亦終不成也。」遂寤，淚痕猶沾漬枕上。曉光已動矣。時方寓居京師外城永甯僧舍。卷十二《和夢遊春詩》上闌

己巳春日，校少作，自不足存，如《古原草》之屬，編爲外集可耳。卷十三末

閲白詩至疑自字之誤十三卷至此，其間清辭麗句，固是曠世逸才。然其旨趣所存，不出于歎老嗟卑，抑何其胸次之不廣也。卷十八末

十月初九日，燈下閲二十三卷至二十五卷。雖不甚倦，然亦眼澁苦枯，不能復坐矣。《後集》卷八末

甲戌正月晦日，爲魯田校此集。是日大雪，是不能無望于有燮理之責者。漫記之。

庚辰十二月初七日，復校至此。適逢大雪。《後集》卷十末

十月十一日，閲完此卷。未閲者，惟古體詩自第一卷至第十二卷耳。兩日適有足疾，故稍得從事於古人書，然俗客未嘗不時來相擾也。

庚辰立冬日，爲　和選出詩，粗涉一過。稍讀杜老集，嫌　味短，未知竟何如也。

温飛卿詩集七卷別集一卷集外詩一卷 評校本

助教詩，無槧本可對。席氏所刊，自云照宋本，未必然也。凡己巳所記宋作如何，皆席氏本耳。大抵惟《才調集》《樂府詩集》二書，曾經定遠先生手校者，爲可信耳。他異同字，則《文苑英華》得以參取。其餘當缺疑也。甲申二月，何焯記。

丙戌冬日，得東山葉裕所藏影鈔書棚本，重校一過。焯又記。

飛卿詩逐句覶貼，不肯直用一字，遂至有如諺所云「枇杷葉」「驢耳朵」者。或苦其難解而不好之，亦是俗耳。

一鳴集

十卷。掇拾殘叢，其謬誤尤甚，不可謂架有是書也。康熙癸巳，傳自錢楚殷。漫記。焯。

笠澤叢書七卷補一卷校本

此册丙寅歲大人從江右雜書中攜歸，以其脱誤難讀，久置敝篋中。己丑秋，適從虞山錢氏借得馮己蒼所傳元板佳本，因取而改竄，以示後人，使知鈔本之不足據如此。若能細寫一浄本，便自可讀，亦不負吾區區讐比之意也。焯記。

又，此書别有編爲八卷者，以自序冠之。則此四卷者，乃舊次八卷，分雜著與詩而二之，便非不類不比矣。或謂八卷乃宋刻，殆耳學也。焯又記。

周賀詩集一卷宋刻本

東海司寇所有宋槧唐人詩集五十餘家，悉爲揚州大賈項景原所得。此册經手人朱生乞以分潤，後歸憇閑堂主人，予之表舅也。知予嘗購之，因而輟贈。籤是王伯穀先生所題云。壬辰冬日，何焯記於賚研齋。

周賀詩集一卷校宋本

甲辰冬十月，耿庵借鈔重校。

康熙乙酉十二月，感寒在告，手校。焯。

丙戌秋夕，得毛豹孫影鈔宋本，又校。是冬，得王伯谷所藏書棚本，又校，改正一字。

錢考功詩集十卷舊鈔本

此册乃明景泰以上鈔本，雖書迹不工，猶有元人氣脉。其價於新刻處，亦復不少。後人所當珍惜。丙戌秋日，焯記。

白蓮集十卷鈔本

此本乃嘉靖八年，金閶柳僉得北宋刻傳寫者。馮定遠校過。壬申夏日，蔣三揚孫携以贈我，後有《風騷旨格》，差爲可讀。戊子長至，從錢楚殷借得東澗老人所藏楊南峯家鈔本，遂詳校一過，改去訛字百餘，庶乎善本矣。焯記。

白蓮集十卷校鈔本

戊子長至後三日，呵凍校。焯記。卷五末

此卷中有《送韓蛻秀水赴舉》詩，第二云：「此去分明吏部孫。」考《唐書·宰相世系表》，惟載綰字持之、衮字獻之二人者，爲文公之孫。若蛻之名，則賴《白蓮集》以傳也。焯記。卷九末

山谷稱其《十二郎見過》絶句，此本無之。焯識。

戊子長至後五日，借錢楚殷舊鈔本，手校一過。九卷、十卷，有東澗朱書小字，乃其所藏也。焯記。

東澗藏本上，有楊君謙圖記。以上卷十末

《白蓮集》十卷，定遠先生所手校，後轉入錢遵王家。蔣三揚孫得之，以贈予。予書素無善本，一旦得此書，遂居其甲，喜而識其所自。康熙壬申六月，何焯書。

此本乃定遠少年時所閲，雖優於汲古閣刊本，然亦未有宋刻精校。康熙戊子，復借錢楚殷架上牧翁舊藏本參校，此集庶爲善本，可資後來學吟者涉獵矣。長至後五日燈下，焯又書。

白蓮集十卷校本

康熙戊子長至後五日，從錢楚殷借得東澗老人所藏楊南峯家鈔本，上有君謙印記。九卷、十卷，復有東澗朱書小字「唐絶作某」者在焉。遂詳校考，去訛字百餘，庶乎三僧之集，皆善本矣。焯又記。

山谷稱其《十二郎見過》絶句，此集無之，豈其已非十卷之舊耶？

壬申夏日，蔣三揚孫以馮定遠手校鈔本贈我，後有《風騷格旨》，差爲可讀。丙戌冬日，復得此本，因改正數十字，尚恨不及精校也。焯記。

馮校本乃嘉靖八年金閶柳僉得北宋刊傳寫者，故此本闕字，馮校本存者尚三十餘字云。又記。

甲乙集十卷校宋本

康熙辛卯，借得毛丈斧季少年校本。大抵未爲精盡，且亦非宋刻之善者，姑從之，以俟訪求於藏書之多者焉。焯記。

蘇學士集

《困學紀聞》載子美作《大相國寺藏太宗御書飛白寶殿頌》。《吴郡志》四十九卷，有《邂逅劉公尤于平望走筆敘意》五言古詩一首。　此頌，周益公有跋。

按歐公序，出于公之所集録者十五卷，令必紛更舊次爲十六卷，是亦好妄而已。徐節孝《愛愛歌序》云子美有詩，今亦不見集中。晁氏《讀書記》載《李文公集》前有蘇舜欽序，云「唐之文章稱韓、柳。翺文雖不逮韓，而理過于柳」。今頌與此序無之，蓋亦非完書云。康熙己卯夏六月，焯識。以上二則，在目録後

康熙庚寅良月之望，借藂書堂鈔本校過。焯記。卷九後

於此見子美之不負所知，范公之取人爲不苟。世徒以一觴一詠稱之者，淺也。然如選擇宗子一事，當范公作參政，恐尚非可行之會。且此宗社非常大計，亦當白之宰相，同詞以請，豈參政獨爲建白，始試以空言博天下虚譽哉！

戊寅九月初五日，閲第九卷至末卷畢。子美之才，高於歐公，得年不永，未見其止爾。家貧，不能購宋元文集。此集非徐氏重刊，何由寓目？此事實默受商丘中丞之賜矣。焯識。卷十後

周益公稱衢本《滄浪集》，蓋嘗刻于衢，南渡後本也。計世當有之。

顧脩遠云：子美有《答歐陽公書》，載《梁谿漫志》中，集不載。歐公詩集中有《扶溝知縣周職方録示白鶴宫蘇才翁子美贈黄道士》詩，集不載。《司馬温公傳集》亦載此詩。見《蠶尾集》載渠家有宋槧《滄浪集》，正衢本也。商丘與新城交最深，而不知假以是正。蓋近人讀

書，但備數，而不求善本，雖倦圃、竹垞，猶不免，况北方之學者乎！又記。已上在卷末

臺閣集一卷校宋本

康熙甲午，用斧季影録《臺閣集》本校，又改數字。録本闕謝克家跋。

河東柳仲塗先生集十五卷附録一卷舊鈔本

《河東先生集》鈔本多譌謬。第十卷卷首相仍缺半葉，他本遂并失去第二篇矣。其清先生偶以此本見示，其每行字數近古，前有張景序，又止作十五卷。因留之，與予家所傳四明黄太沖家本，又借虞山毛氏所傳叢書堂本互勘焉。改正添補，共二百餘字，稍可讀矣。此本「通」字皆缺末筆，乃避明肅父諱，疑亦出于北宋刻云。康熙五十年辛卯春日，何焯記。

《河東先生集》，陸君其清偶以鈔本見示，其每行字數近古，前有張景序，又止作十五卷，因留而對校。初謂兩日可了，乃因循作輟，遂至半月。甚矣衰，善病且怠於學也。其

清不輕與人通假書籍，倦圃、竹垞兩先生欲鈔録其藏本甚秘者，即不肯出。尋常小書，亦必葉數、卷數相當，始得各易所無。獨此叚於予，意尤厚，乃識不忘焉。康熙五十年二月，何焯書。

南豐先生元豐類稿五十卷 校宋本

傳是樓宋本，序文闕。每半頁十行，每行二十字。何椒邱云：《南豐續稿》《外集》，南渡後散軼無傳。開禧間，建昌郡守趙汝礪始得其書於先生族孫濰，缺誤頗多。乃與郡丞陳東合《續稿》《外集》校定而删其僞者，因舊題定爲四十卷，繕寫以傳。元季，又亡于兵火。國初，惟《類稿》藏于秘閣，士大夫鮮得見之。永樂初，李文毅公爲庶吉士，讀書秘閣，日記數篇，休沐日輒録之，今書坊所刻《南豐文粹》十卷是也。正統中，毘陵趙司業琬始得《類稾》全書，以畀宜興令鄒旦刻之。然字多譌舛，讀者病焉。成化中，南豐令楊參又取宜興本重刻于其縣，踵譌承謬，無能是正。太學生趙璽訪得舊本，悉力讎校，而未能盡善。予取《文粹》《文鑑》諸書參校，乃稱可讀。《文鑑》載《雜識》二首，并《書魏鄭公傳後》，

《類稿》無之，意必《續稿》所載也。故附録於《類稿》之末。辛卯歲四月，焯。

臨川集

伯淳先生嘗曰：熙寧初，王介甫行新法，竝用君子小人。君子正直不合，介甫以爲假學不通世務，斥去。小人苟容諂佞，介甫以爲有才知變通，適用之。君子如司馬君實，不拜副樞以去，范堯夫辭修注得罪，張玄祺以御史面折介甫被責。介甫性狠愎，衆人以爲不可，則執之愈堅。君子既去，所用小人争爲刻薄，故害天下益深。使衆君子未與之敵，俟其勢久自緩，委曲平章，尚有聽從之理，則小人無隙可乘。其害不至如此之甚也。

茅鹿門評王荆公文鈔

内閣宋刻《臨川集》，其行數、字數、卷帙，與此皆同。唯華中甫真賞齋所藏，獨爲一百六十卷。此本不知尚在人間否。以中甫之力，能重開以傳，而獨私之爲齋中珍玩。吁，可慨已。《宣和書譜》載荆公鎮金陵，作《精義堂記》，令蔡卞書以進。今此記不見集中，則所遺者宜多矣。康熙丙戌八月。

《東澗遺老小樓書目》有殘本《臨川先生集》十六册，一卷之一百十四卷，殆與中甫所藏之本相同也。又記。丁丑七夕，承匡書塾閲畢。

王半軒先生文集

右《王止仲襍文》一册，本孫雪居舊書，蔣生子遵得之吳興書賈，乃倦圃散出殘帙也。雖字畫拙率，訛謬甚多，然亦有遠勝弘治間張企翺刻本處。其中《三笑圖贊》《跋眉庵卷》《嘉席致語》三篇，又企翺當日訪求未得者。借校既畢，附記於末，以見舊鈔之可寶，庶乎來者能珍惜之也。康熙癸巳二月。

後山集二十卷

《老學菴筆記》云：「陳無己子豐，詩亦可喜。」《晁以道集》中有《謝陳十二郎詩卷》是也。建炎中，以無己故，特命官。李鄴守會稽，來從鄴作攝局。鄴降虜，豐亦被繫纍而去。

無己之後，遂無在江左者。豐亦不知存亡。

康熙己丑秋日，從吴興鬻書人購得舊鈔《後山集》殘本。中闕三、四、五、六，凡四卷。勘校一過，改正脱訛處甚多，庶幾粗爲可讀。而明人錯本誤人，真有不如不刻之歎也。焯記。

《后山集》十年前始得見明弘治己未南陽王懋學所刊，脱誤至不可讀，訪求宋刻於藏書家而未獲也。康熙己丑，吴興鬻書人邵良臣持舊鈔殘書五册來售。余取而與弘治本互勘，則其所脱誤者皆在。雖出於元版，已非魏昌世所次詩六卷、文十四卷之舊，然猶之爲善本也。其中缺第三至第六，凡四卷，非仍得陳同甫編校者，及向上宋本，不敢妄爲補寫。蓋新刻有與無，均耳不讀，而充數者尚之，弗如其無也。是歲中秋日，何焯記。

後山先生集三十卷 明嘉靖刻本

此卷弘治間刻本。《送邢居實序》脱後半章，《善序》脱前半，凡二十行。己丑七月，得嘉靖以前舊鈔對校，因爲補寫。錢牧齋蓄書，非得宋刻名鈔，則云無有，真細心讀書者之言。如浙之某某輩，徒取盈卷帙，全不契勘，雖可汗牛馬，其實謂之無一紙可也。焯記。

康熙己丑秋日，從吴興鬻書人購得舊鈔《後山集》殘本。中闕三、四、五、六，凡四卷。勘校一過，改正脱誤處甚多，庶幾粗爲可讀。而明人錯本悮人，真有不如不刻之歎也。焯記。

瓜廬詩一卷附録一卷明鈔本

薛景石詩，藏書家亦不易得。此編秋嶽侍郎於吴市得之，手録趙紫芝三詩於卷末，蓋其所最賞心者也。今歸□主書庫，乃傳録一本，而謹識其後。何焯。

鶴山渠陽讀書雜鈔附經外雜鈔不分卷明鈔本

康熙戊寅，得此本於吴興粥書人。以其出於叢書堂，又有張伯起印記而存之。開卷，頗恨其多訛字，未之重也。癸巳，偶得嘉興曹侍郎家所藏四明萬氏鈔本，則爲後人類分五卷，失「雜鈔」二字本意，且妄有改竄，可以使人笑來。又增加於舊者十之二三，可知此本猶存魏氏之真。書非傳緒有自，詎可信哉！既粗校而記其後。義門何焯。

閑閑老人滏水文集二十卷舊鈔本

按，元遺山爲公墓誌及《中州集》序、傳，皆言《滏水集》前後三十卷，則公尚有《後集》十卷。不知藏書家猶有存焉者耶？康熙癸未壯月，夜直南薰殿，燈下記。

《歸潛志》云：趙閑閑本喜佛學，然方之屏山，顧畏士論。又欲得扶教傳道之名，晚年自擇其文，凡主張佛、老二家者，皆削去，號《滏水集》。首以《中》《和》《誠》諸《説》冠之，以擬退之《原道》《性》。然其爲二家所求文，并其《葛藤》詩句，另作一編，號《閑閑外集》，以書與少林寺長老英粹中，使刻之，故二集皆行於世。《外集》豈即《後集》耶？漫記於此。康熙五十年立春後二日，燈下，焯書。

壬辰九月，得李暎碧所藏舊鈔本，再校。

興化李暎碧家蓄舊鈔本，自云得之吾吴市中。石門吕氏傳之，復鈔以出鬻，與此本間有多一二句處。知李所得者，趙公之本。然此本則後人病其繁冗而有所删削也。壬辰秋冬之交，積雨無事，費數日校之。何焯記。

遺山先生文集四十卷附録一卷明刊本

《遺山集》，康熙癸巳得之倦圃先生諸孫，其詩皆先生所手點也。是集謬誤最甚，其文疑亦有脱逸者。余于《東垣試效方》中，見遺山記其治發背事，文頗近古，集中顧無之。安得一元初刊本，精加是正乎？聞之毛丈斧季云，東磵老人不惟《列朝詩》仿《中州集》行款，《初學集》即是仿《遺山集》。東磵所藏本，乃松圓詩老得于山西者，失於絳雲之災，斧季亦不見第二本也。己亥秋日，雨窗，焯記。

遺山先生詩集二十卷明刻本

汝州所刊《遺山詩》，視歸德所刊《全集》爲善，然印行頗少。汲古閣刊元人詩，獨未見此本也。庚辰歲，從金陵肆中得之，後又從虞山錢遵王借閲東磵老人《遺山詩鈔》，遂以朱點記每篇之下。他年得吾書，尚寶惜諸。康熙辛巳四月，何焯記於語古小齋。

剡源戴先生文集三十卷 鈔本

始予病此集譌謬不可讀，遇藏書者，必問嘗蓄善本以否？康熙庚寅，始從隱湖毛十丈借得嘉靖以前舊鈔一册，爲文衹六十五篇，分甲乙丙丁四卷。以校新刻，則《唐畫西域圖記》一篇，後半幅脱去二百六十餘字。其他賴以改正處甚多。集中文爲新刻所逸者，凡十二篇，復補録焉。毛丈憐余校之勤也，云家有《剡源詩》，亦舊鈔本，將并以借我，乃書以志喜。焯。

帥初爲學，自六經、百氏，無不貫穿，而得之《莊》《騷》者爲深。文格尤近子厚，其間似蘇門者，所從出均也。能從容於窘步，萌茁於枯條。若高山大川之觀，桑麻菽粟之用，乃其所少。則賦才者殊，而亦遭遇變故、無自發耶？然綵筆妙吻，宋季以來，莫有匹敵。宜乎伯長所專師，晉卿所深推矣。康熙辛巳二月，何焯題於陽羨舟次。

吕敬夫詩不分卷 鈔本

右崑山往哲《吕敬夫詩》一册，吴興賈人得之葉丈九來家，文莊公舊藏也。詩爲老鐵序所稱者，皆不見，蓋其晚年所作，并疑頗已散落。鄭氏搜而得者，止此爾。《西湖竹枝詞》中作「吕成」，而錢侍郎《列朝詩集》作「誠」，且目爲布衣，殆非也。《番禺稿・南行舟中》詩云：「近似盧敖遊汗漫，遠如賈誼謫長沙。」又《洪武辛亥歸重度梅關》云：「去年竄逐下南溟，萬里歸來鬢已星。」則似洪武初爲訓不就，卒老於鄉里。蓋開國時名士，仕不大顯，子孫稍微，志狀湮没者，在景、天間，事蹟已無可徵，況錢尤晚出，雖此册集叢殘，亦未之覩乎？《竹枝詞》中云：「吴之東滄人。」「滄」疑當作「倉」，其地即今太倉也。《列朝詩集》亦作「滄」。并記，以質於博識者。康熙壬辰除夕，後生何焯書。

癸巳孟冬，嘉興曹侍郎家，以《吕敬夫詩》一册來鬻，則宛然從此本影寫者也。《鶴亭倡和》以下闕焉。蓋不知其中故有敬夫詩在爾。曹又誤作「吕敏」。敏字志學，無錫人。元季嘗爲道士，明初用爲校官，别一人也。

戊戌仲春，偶檢陸文量《菽園雜記》，正作「東倉」，與余言合。其名則爲誠。

夷白齋集十二卷校本

《夷白集》末卷鄭國公、王處士二志，板本漫漶。予從汲古閣借得錢叔寶手録《吴下冢墓遺文續編》，二志在焉。據叔寶云，録於文氏停雲館所藏石刻者。余取□□□□則企□□□□刻所避而删□者乃非一處□□□□復不免。聞往時述古堂收藏夷白□□□當年稿本，不知今落何人手？得之，乃可是正耳。康熙庚寅焯記。

又讀《王處士志》，可見淮張待士之厚，草竊破亡，而遺老猶思之不置。蓋有足以感人者耶。淮張無大畧遠謨，此固其一長也。又記。

思玄集十六卷明弘治刻本

此後殘闕，書賈并割裁去。他日得遇善本補完，亦一快事也。康熙己卯二月花朝後二日，何焯識。

按《列朝詩集》中，言楊布政子器收拾遺文以傳，豈惟中所編十六卷之外，所謂晚年厭其浮於理而删去者耶？陸氏《式齋書目》云有民懌序，此集無之，當亦在所删中也。海虞少年，見民懌之文者少矣，當從毛奏叔、斧季兄弟問之。是月晦日，焯又識。

歲之臯月，從桃花塢蔣氏見民懌真蹟一帖，體源兼工，漸近晦翁，亦奇逸無□云。焯識。

類博稿十卷 明刻本

明初之文，沿緣南樣，都患頹敗。季方豪傑，獨有唐風，雖未立家，迥擢恒表。康熙戊寅夏五月，焯識。

皛藻集　卷 鈔本

晉應詹薦韋弘於元帝書，有「四門開闢，英彦皛藻」之語，太史名集，殆取諸此乎？精神所注，乃在篇詠，此反爲其餘事。然雖乏深致，要自清泚，無宋以後腐爛剽竊之弊，亦持正所謂翕清而昫鮮者也。康熙癸巳冬日，郡後生何焯書。

枝山文集　卷明鈔本

《枝山先生文集》殘本二帙，乃文氏故物，余得之朱之赤家。閲至卷末，知爲先朝老儒謝雍手書。集中有《贈謝元和序》，以爲通家之法幸而存者，即其人也。觀其汲汲傳録父友之文，耄而不懈，信乎無愧斯語。後來者摩娑此編，其亦當恥爲偷薄也夫。辛巳春日，何焯書。

文選注六十卷評校本

辛未十二月望日，閲畢。詩是丙寅冬在王駿聞家所閲，六年始畢。一至，又無一卷成誦，識余之廢學，爲後來子弟之戒。立歲無聞，實游惰之咎，於人何尤哉！焯識。

篋中集一卷

康熙辛卯，從汲古閣得見舊鈔《篋中集》。後有曾慥端伯、曾豹重貍，及明初會稽唐肅、肅之子志淳四跋。脱誤甚多，四跋亦無所見，非佳書也。唯後序爲他本所無，且迂逖詩次序，與荆公選異同，乃手校一過，存之。何焯識。

集中詩皆力迴古風，不雜永明以還格調。所謂「獨挺於流俗之中，强攘於已溺之後」，真非妄歎也。

河岳英靈集三卷

丁丑仲夏，承筐書塾閲。鄭都官于殷、高二子，深致抑揚，然未足爲商周也。焯。

此集所取，不越齊梁詩格，但稍汰其靡麗者耳。唐天寶以前，詩人能窺建安門徑者，惟陳拾遺、杜拾遺、李供奉、元容州諸人。集中獨取供奉，又持擇未當。他如常建、王維，則古詩僅能法謝玄暉，近體僅能法何仲元，殆不足以傳建安氣骨也。

此書多取警秀之句，緣情言志，理或未盡。

御覽詩一卷

此書又在《間氣集》之下。大抵大曆以還惡詩，萃於是矣。丁卯寒夜，呵凍書。

此書所采，大都意凡文弱，流淡無味，殆可當準勑惡詩耶。

戊子冬日，從錢楚殷借得二馮手校本。視昔年徐氏本，又詳加改正。歲月如流，遂二十年，而余於六義仍無所窺，爲可歎耳。

戊辰春日，錢簡臣從其友徐聖階，借得前輩魏叔子、馮定遠照宋刻校本，從之改定數處。其可疑者，側注於旁。無勇生記。

唐人選唐詩，猶之今人選八股時文，要當論其佳惡。若概奉爲聖書，猶之以學山園八股選本，謂其必傳於後無疑也。丁卯。

初，余得聖階校本，稍爲改正汲古閣刻訛字，而毛丈斧季堅執虞山前輩皆未嘗有原闕二字校定。康熙戊子，過虞山趙安成，以孫岷自録本見贈，後題云：「馮定遠空齋校本。本于趙清常後，從半臨堂借臨安本校一過。」定遠云：「臨安舊刻，亦非佳本，姑兩存之。」始知聖階非作僞欺人者。次日訪之錢楚殷，楚殷出馮己蒼家寫本，後有「定遠觀原闕三字。」太歲戊寅元宵重勘，是爲大歷間體，然後所疑盡釋。因詳記於卷末，庶後來得余此書者，亦有可徵信也。十月朔日燈下，香案小吏何焯書。

中興間氣集二卷

康熙戊戌十月望，以事往南海淀，借宿蔣西谷寓舍。架上有鈔本《唐中興間氣集》《極玄集》一册，視其行款字數，似從宋雕影寫。問之，乃述古堂故書也。因借歸，呵凍是正，遂成善本。餘兒他日，其珍惜之。或更倩善書者重録，尤不負老子一再勘以貽爾曹之意也。焯記。

《中興間氣集》，亡友長史曾云家有元人舊刻。他時見仲友，當訪求精校之。丁丑皋月，承匡塾中，雨窗。焯書。

此集所録，詩格卑淺，殊未饜心，殆出一時傳詠，不見全集故耳。若云全昧別裁，則如古調獨推孟雲卿，爲著《格律異門論》及《譜》三篇，此中亦有深工，後之憒憒者，烏足語及。

極玄集二卷

元板建陽蔣氏師文所開雕《極玄集》，其首列詩人氏名，次武功自題，次姜白石題識，最後則師文所題。此書雖不爲大佳，然毛氏多藏書，猶云不見白石點本，則世人稀覯可知。因以墨筆對臨斯本，留之篋中。戊辰二月初十日，燈下書。

此書心友借之虎丘一僧，留二日，即還之。其字畫頗精緻，元板之善者也。

此書今歸心友。毛丈斧季極重之，從心友借傳一本。此書所採，不越大曆以還詩格，然比之《間氣集》，頗多名句。若刊其凡近，風味正似賈長江也。

戊辰春日，閱《姚秘監集》，乃知其生平作詩體源，全出於此。雖所詣不爲高深，要不似今人入門便錯雜不倫也。

丁卯十二月初八日閱。此書去取，大不可解。詩多塞瘠，唐風由選者而衰。

康熙戊戌十月望，借蔣西谷架上述古堂宋本影鈔《極玄集》勘校，始知戴叔倫詩中，亦誤一首。前此所見元板姜白石點本非完書，今後庶幾爲善本矣。焯記。

竇氏聯珠集一册

康熙辛卯春日，購得葉九來藏宋本，乃顧大有舊物，因改正五十餘字。中《杏山館聽子規》一篇，諸本皆脱去。尤可笑者，《和峴王崧》二跋中，「大天」字，皆訛爲「大夫」，人不通今古，其陋乃至此耶。何焯記。

康熙辛卯春日，蒙汲古主人西河十丈，以勘校唐人詩數種見借。此《五竇聯珠集》，字蹟似馮丈補之所校，而頗嫌其畧。會予購得葉丈九來所藏宋本，乃顧大有故物，因詳加是正，凡改五十餘字。中《行杏山館聽子規》一篇，諸本脱去，仍爲補録。竊比顔介《家訓》，先有缺壞，就爲補治之意。恨以病目，字失楷正爾。後生義門何焯附識。

搜玉山小集一卷

此書乃集唐初人詩之不佳者，既鮮氣質，復乏調態。述作之手，固將喂鹿；塲屋之士，亦宜覆瓿也。

此集無疑僞託。唐人《藝文志》自有《搜玉集》十卷，在總集類中。

唐百家詩選二十卷校本

八卷乃秘閣藏書，商邱公從東海司寇家得之。二十卷全者，斧季得之吴興鬻書人鈔本，非宋刻也。書跡類明初人，亦不知與八卷有異同否？商邱喜於復完，不復研覈，但非出於毛之僞造，或真爲荆公之舊邪。

余見錢牧翁手校《岑嘉州詩》，上有「荆」字印者，或與此不盡合。此則其可疑者，豈牧翁一時疏略邪。康熙己丑重九前二日，鶯脰湖舟中，焯記。

晁氏《讀書志》云：《唐百家詩選》二十卷，宋敏求次道嘗取其家所藏唐人一百八家詩，選擇其佳者，凡一千二百四十六首爲一編。王介甫觀之，因再有所去取，且題云：「欲觀唐詩者，觀此足矣。」遂以爲介甫所纂。余按《玉海》載《唐百家詩選》二十卷，不言介甫撰録。得晁氏之説，乃涣然無疑。今爲詩一千二百六十首。

三唐人集三十四卷校本

《三唐人集》，虞山邵甘來所貽。《持正集》中少二紙。辛巳春日，家弟心友爲補録。焯記。

持正場屋小賦，編録《英華》中者，宜仿外集之例，附刊集後。甲申初夏　又記。

康熙壬辰，學徒蔣生得皇甫氏舊　得之王文恪公，傳自秘閣，而校勘不精，訛謬甚多。刻於正德庚辰，後附《浯溪詩》一篇。又《唐書》本傳及韋處厚《上宰相薦皇甫湜書》云。以上在《持正集》後。

陶穀《清異録》摘可之《送茶與焦刑部書》，語近誹諧，葢屬僞託。然當時著述，固應不止此十卷也。

丙子十一月小至日，以舊刻校一過。此集訛脱尚多，恨無從覓宋本也。焯識。時寓燕山城西永寧精舍。在《可之集》後。

習之《答開元寺僧書》，《英華》《文粹》並載，未解何以遺之。在《習之集》後。

王荆公百家詩選

荆公之意，以浮文妨要，恐後人蹈其所悔，故有「觀此足矣」之語，非自謂此選乃至極也。後來譏彈之口，竝失其本趣。

新刊古今歲時雜詠四十六卷 明鈔本

是書去取不類，即唐以前諸詩，亦斷非宋宣獻公所集，蓋書坊妄託耳。然尚多今日不見之本，如司空表聖一家，已可增多至十餘首，亦可備詩家之採獲也。康熙己丑冬月，何焯偶書於語古小齋。

唐三體詩六卷

《選例》本在各體之首，總撮于前，已爲紛紜，況可竄易之耶！今以舊刻改正，非曲徇前人也。如兩句爲一連，四句爲一絶，自南朝即有連絶之語，乃忽改「絶」字爲「截」，則是訛于近代截律詩首尾之語，不可通矣。伯弜與天隱輩即非達識，尚未若此憒憒耳。在《選例》後。

《鼓吹》《三體》二編，嘉靖以前童兒皆能倒誦，如宋人讀鄭都官詩也。自王、李盛，而幾無能舉其名者。然所論詩法，亦多陰竊伯弜餘唾云。

舊刻分二十卷，前有方虚谷敘，瞿宗吉稱之。然此書尚不逮范德機《詩學禁臠》也。

康熙戊寅初夏，雨牕漫閲。焯。旌孝義門孫子印。

中州集

毛氏刻此書時，所見者止嚴氏重開之本，其行款俱不古。斧季丈曾從都下得蒙古憲宗五年刊本，爲東海司寇公豪奪以去，今汲古閣止有壬、癸及閏集三卷耳。辛巳三月，予偶從高陽許氏見甲乙二卷，因略記其行款於書顔。蒙古至世祖，始以中統紀元。乙卯，則在宋爲寶祐三年，當金亡後之二十三年，又二十五年而宋亡。時北方新出水火，故開雕亦無良匠云。

中州集十卷樂府一卷校本

戊寅正月，以墨筆對校馮默庵閲本，五日而畢。十七日，雨窗，焯記。

玉山名勝集二卷舊鈔本

勺泉草堂有萬曆初刻本，乃嘉興錢侍郎所貽，雖亦分作四卷，而詩文之次第尚仍其舊，字畫亦不俗。後有跋云：「右《仲瑛亭館題詠集》，朱性父家藏録本也。仲瑛一時風流文雅之盛，雖去之百年，猶可想見，視今世富家，皆多粟農夫耳。即與仲瑛充糞除之役，固知亦不納也。鄙哉，鄙哉！弘治元年八月中秋日，吴曰楊循吉題。」則知君謙當日，亦從此本傳録，而刻者誤以「糞除」爲「除糞」，恐其間亦不無以意謬改之弊云。壬辰冬日，焯再識於賚研齋。

此集朱野航性夫先生故物，而余先妻太原孺人之先祖雄蜚先生所藏也。先生萬曆癸卯南闈貢士，己未上春官，奚囊中儲此集。其同年宜興徐儀世虞倩比部見而愛之，手録以去。及出守嶺外，俾羅浮張萱孟奇開雕，然流傳甚寡。張又不學，繆分爲八卷，頗易置其詩文次第，譌字亦屢見。汲古毛氏有鈔本四册，而莫從見正也。今年春，訪就堂師於見山精舍，忽出此集相示，乃知後歸埭川顧渚墨癡，又流轉南潯一士人手，歸從士人得之者。就堂知余爲王氏壻，粗知寶愛此集，遂舉以相贈。毛丈斧季聞而以所藏鈔本屬余校勘，訖事，因識於書後。義門何焯。

唐音戊籤殘本三册 批校本

癸未冬十二月初八日，以舊刻《樊川集》對校一過。《集》中第三卷缺第五葉，《外集》缺第十六葉。當于何本補勘之。焯識。

丙戌長夏閱。

助教詩，無宋槧本可對。席氏所刊，自云照宋本，未必然也。凡己巳所記宋作云何，皆席氏本耳。大抵惟《才調集》《樂府詩集》二書，曾經定遠先生手校者爲可信。其次異同字，如《文苑英華》得以參取，其餘當缺疑也。甲申二月，何焯記。

丙戌二月，得東山葉谿所藏影鈔書棚本，重校一過。焯又記。

丙戌十月重閲，焯記。

文心雕龍

康熙甲辰，余弟心友得錢丈遵王家所藏馮己蒼手校本。功甫此跋，己蒼手鈔於後，乙酉携至京師，余因補録之。己蒼又記云：「謝耳伯嘗借功甫本於牧齋宗伯，宗伯仍秘《隱秀》一篇。己蒼以天啟丁卯從宗伯借得，因乞友人謝行甫録之。其《隱秀》一篇，恐遂多傳於世。聊自録之。」則兩公之用心頗近於隘，後之君子不可不以爲戒。若余兄弟者，葢惟恐此篇傳之不廣，或致湮没也。乙酉除夕。

辛巳正月，過隱湖，訪馮先生斧，從汲古閣架上見馮己蒼先生所傳功甫本，記其闕字以歸。於「疏放豪逸」四字，顯然爲不學者以意增加也。上元夜。

《隱秀》篇自「始正而末奇」，至「朔風動秋屮」「朔」字，元至正乙未刻於嘉禾者，即闕此一頁。此後諸刻仍之，胡孝轅、朱儀皆不見完書。錢功甫得阮華山宋槧本鈔本，後歸虞山，而傳録於外甚少。康熙庚辰，心友弟從吴興賈人得一舊本，適有錢補《隱秀》篇全文。除夕坐語古小齋，走筆録之。

文則十卷 校明刊本

元刻陶宗儀本不分卷，但志甲乙，連爲一帙。今從毛氏本校正。心友從汲古毛氏借東磵老人閲本對傳，乙未簿録進内，發寫浄本，發還。十二月初七日，臣何焯恭記。

蘆川詞二卷 影宋本

周益公云：「長樂張元幹字仲宗，在政和、宣和間已有能樂府聲。今行於世，號《蘆川集》，凡百六十篇，以《賀新郎》二篇爲首。其前□李伯紀丞相，其後即送胡邦衡貶新州詞。以《賀新郎》爲題，其意若曰失位不足弔，得名爲□賀也。」康熙乙酉，心友得此册於錢曾王家，乃錢功甫舊傳本，而不著作者姓氏。爲録益公語於卷。戊子十月，焯記。

雲臺編三卷明鈔校本

嘉靖乙未，袁郡有《雲臺編》刻本。嚴介溪爲序云：得之故少傅王文恪公。公本録自秘閣，葢出於宋刻也。蔣生子遵所收葉丈九來家書中有之，借校一過。康熙辛卯春日，焯記。

小山書跋

長洲　何　煌　撰
吴縣　王欣夫　輯

長洲何煌，字小山，號心友，或署仲子、廬江生、耐中。爲義門弟，同好校勘古書。讀義門家書及題跋，時時及之。其友愛之情，躍然紙上。顧世不甚知。及阮本《十三經校勘記》，於《公羊》《穀梁》二傳，皆取小山校本，始稍稍聞於世。葉菊裳先生乃其鄉人，網羅藏書家故實，爲《紀事詩》，祇附名義門後。至吴丈頴芝，始爲撰傳，即《吴縣志》所據，然亦甚簡略。案小山校勘之精，一如義門。凡得一秘本，必互相傳校，雖南北揆隔，無間焉。義門於卷中考訂議論，隨筆雜下；小山則較謹嚴，多見宋元槧，有今已斷種，賴以流傳者。今據所見書跋，亦輯成一卷，與義門題跋並行焉。其跋《釣磯立談》，評汲古閣、曝書亭兩家鈔本，頗右毛而左朱，謂即此兩家本之善惡立辨，凡秀水新鈔，皆此比。然於《閑閑老人滏水文集》跋，又云朱本實勝毛本。則一書之優劣，必經細心校勘，然後知未可概加可否，且知新鈔之不如舊本也。於跋《春秋穀梁傳》云：「此卷先命奴子羅巾郎用南監本逐字比校訖。」則昔人稱汲古閣入門童僕盡鈔書，固未聞校書也。聞之丁秉衡先生，洪琴西所刻書，先命一老兵逐字對校，計字酬資。蓋惟不識一丁者，可以無漏，通人則易滑過。小山亦猶此意歟？他如曹倦圃歿後，將舊鈔宋元板書五百册，質於高江村，朱竹垞倍其值而有之。又蔣揚孫下第滯京，貧窶不振，出宋板書三百册求售。吉水李氏聞而攘之，索值不得，揚孫幾不能還。後其子孫用以媚巡撫，查夏仲在彼修省志，從巡撫乞得殘編數十本，以《演繁露》贈馬寒中，均爲書林掌故。其《演繁露》殘存十卷，宋刻大字本，曾爲余有。今景印入《續古逸叢書》中，無蔣揚孫諸家印。於此可知其藏弆源流，且深惡夫巧取豪奪之可恥也。一九六五年八月，吴縣王欣夫識。

春秋經傳公羊解詁十二卷校宋本

蜀本《公羊校經注》三卷元板校疏

宋槧官板校經注全唐石經校經以上卷首

借蜀本大字校此三卷。鄂州州學官書，最爲精善，惜無單疏本校疏文脱誤也。康熙五十六年冬十月望日，小山何煌記。卷三末

十月廿七日，官本覆校。卷十二末

十月廿五日，覆校。卷十四末

康熙丁酉冬，假同門李廣文秉成所買宋槧官本手校。再令張翼庭、倪顯仲各校一過。今以其手校本相勘，猶有漏落。三人僅敵一手，何秉成之心，如絲髪也。書以識愧。己亥初夏，何仲友。

春秋穀梁傳十二卷 校宋本

此卷先命奴子羅巾郎用南監本逐字比校訖。又以建安余氏萬卷堂《集解》殘本、章丘李氏《穀梁疏》殘鈔本手校，復用石經參校，經傳譌謬都浄，注疏中亦十去其五。獨惜余氏本「宣公」以前、鈔本「文公」以上倶缺，無從取正耳。康熙丁酉初夏，何仲子記。

佩觿三卷校本

康熙五十八年正月初八日，用趙清常鈔本、萬玉堂刻本，粗校一過。明刻此書，所見者三本，而萬玉堂爲勝。趙氏本云「借鈔於孫唐卿」，惜無從見之也。平夫煌記。

佩觿三卷字鑑五卷校張氏澤存堂本

康熙五十八年正月初八日，用趙清常鈔本、萬玉堂刻本，粗校一過。明刻此書，所見者三本，而萬玉堂爲勝。趙氏本云「借鈔于孫唐卿」，惜無從見之也。□夫煌記。

毛斧季一生，不見宋槧《佩觿》。

漢書一百二十卷校宋本

乾隆己未秋半，用監本粗勘。惜監本元刻十不得一，補刊繆誤不勝。《本紀》一末

此卷起假畏三弟所得殘本元槧，即命壽南姪兒校。耐辱老人記。雍正元年癸卯夏六月中伏日，爲月之廿五日也。《本紀》六末

凡此本與北宋本異同處，大約此本從九行十六字官本。其的誤者，則校失之也。

小顔題銜，此仿九行十六字大官本。

將正統刊本校過。

初令王源將北宋板校，隨自校一過。又命從子景官，用大字補刊本校。容將葉校，再閲。甲午冬十月。

將葉校改二字。葉改者，皆北宋本不誤，而粗心失之也。以上在《地理志》末

己亥八月，陸生乾日將元板校一過。在《地理志》下末

此卷又得宋末建寧書鋪惡本大字者校。卷尾記云：右將監本、越本、杭本，及三劉、宋祁諸本參校。其有異同者，附于古注之下。廿八字二行。康熙甲午中秋校。小山四益齋。

書鋪建本八行十六字，注廿一字。又《景十三王傳》《司馬相如傳》下，《公孫弘卜式兒寬傳》，並記「右將監本」云云，與《藝文志》同。《景十三王傳》云：「正文伍阡捌伯參拾玖字，注文參阡肆伯柒拾陸字。」《司馬相如傳》下云：「正文肆阡柒伯壹拾伍字，注文柒阡

玖伯貳拾捌字。」《公孫弘卜式兒寬傳》云:「正文肆阡伍伯玖拾玖字,注文計貳阡肆伯陸拾伍字。」並建本所記字數也。

北宋本、南宋監本、明正統本參校。正統所刊,亦宋之善本也。以上在《藝文志》末

雍正初元癸卯七月二十二日,命壽南用元本覆勘。在《王子侯表下》末

卅日,壽南校完。以下缺《列傳》四卷,起再校。在《諸侯王表》末

七月廿六日,壽南校出一字。《功臣表》殘元本,惟此一卷。在《功臣表五》末

殘宋十行十九字,注二十七字。在《陳勝項籍傳》末

《列傳》一、二,壽南校。改正注中「禮」字。元槧本失第三卷。仲子記。七月之望。在《張耳陳餘傳》末

殘元槧本《韓彭英盧傳第四》,起七夕後二日校完此三卷。凡壽南校出者,以「元本」二字識。在《楚元王傳》末

此卷壽南元本校訖,無譌。在《季布欒布田叔傳》末

自《異姓諸侯王表》至此,皆以南宋監本大字粗校一過。康熙丙戌十二月二十八日,香案小吏何灼記。

大字本《列傳》，自《陳勝》至《司馬遷》皆缺。後從他所，别得《杜周傳》一卷校過。以上在《王莽傳下》末

雍正元年癸卯中秋節之後一日，用小字宋殘本校。小字宋殘本闕《紀》一、二，《列傳》十六、十七、十八，又六十至六十四上。其脱失者，更不在此數也。

康熙乙未，借蔣西谷所得劉氏本校。孟公。以上在《敘傳下》末

後漢書一百二十卷校宋本

以鈔補北宋本，屬徐尚成校此一卷。

丙申五月望日，將正統本覆校。正統即北宋所出，惜鈔與刊者，俱不免倉卒。安得元本一校也。在《蔡邕傳》末

鈞磯立談一卷舊鈔本

《鈞磯立談》，往見崑山徐司寇大字宋本，紙刻精好，迄今猶在目中。昨於殘臘，買得

是本，頗以其鈔胥拙劣爲棄。頃，偶將曹氏新刻，粗校曹刻，脱誤不勝其多。開册便闕二板兩行，又少一敘。後此脱誤，版版皆是，不可枚數。曹刻出於竹垞，即此，虞山、秀水之本，善惡立辨矣。康熙乙未秋末，小山記。

釣磯立談一卷校本

此本首闕兩板兩行，又少一敘，中間脱誤，不勝其多。蓋原本出於竹垞故耳。昨冬買得毛氏所藏鈔本，藉以補脱改譌，少可披閲。憶癸未春日，崑山徐伯厚捆載宋版書求售，盡爲有力者得之。中有大字本此書，紙刻精好，古香襲人，豪無損破，宋元人家收藏印數十，可愛。惜斧季不能借校也。康熙乙未十月五日記。

凡秀水新鈔，舉皆此比，觀者審之。小山又記。

法書攷

康熙戊戌秋仲，鹽官馬寒中持張伯起手鈔本來。破費半日功夫，校一過。張本向藏倦圃先生，先生殁後，將舊鈔宋元板書五百册，質於高江村。竹垞先生倍其值而有之，此册亦在數中。壬午、癸未間，竹垞寓居慧慶僧房，此册適在行囊。時毛斧季、王受垣，皆鈔得一本。後借鹽使曹公刻出。竹垞既殁，此册又歸寒中，故得可以粗校。惜書不甚良，又錯亂誤謬處，亦不能勘正爾。小山仲子記。

琴史

康熙甲午冬，買得照宋款鈔本一册，命從子輩校。明年乙未新春識之。小山仲子。

西溪叢語二卷校本

吴郡沈辨之野竹齋校本，譌謬尚未盡，亦當再讀一過。此本雖譌謬殆不可讀，然刻本藉之得以補脱改正宏多，幸勿忽視之。仲老記。

吴郡沈辨之野竹齋校本，譌謬尚未盡，亦當再讀一遍。乾隆辛酉三月廿五日，用葉石君所藏嘉魚館惡鈔本校，亦藉改正云。時入夏之六日，陰雨不已，麥豆之苗爛盡，耕者何以爲食？可憂，可憂。七十四病叟煌記。

演繁露十六卷續演繁露六卷明鈔本

康熙辛丑，假馬寒中宋本校。馬爲查編修夏仲所贈，查得之吉水李氏。當宗伯列顯日，蔣學士揚孫下第，滯京華，貧窶不振，出其囊中宋板書三百餘册求售。吉水聞而取之。索直不得，攘而据有，揚孫幾不能還。今其子孫用以媚巡撫。夏仲在彼地修省誌，其巡撫所不爲貴者，查編修因得乞數十本歸。就中檢殘編，以贈寒中，因得借校也。十一月十六日，仲子記。

查編修乞得之本，所知者爲《新唐書糾謬》《唐書直筆》，所見者殘本《育德堂外制》三册一至五、《育德堂奏議》二册三至五。《外制》《奏議》，既贈寒中，中以七金售同門友李秉誠。秉誠先有《奏議》第一、第二，暨六、七、八卷。今爲全本矣。又記。以上在《演繁露》

事物紀原集類十卷校明刊

雍正壬子殘臘，丐王氏樂天書屋所藏宋本，粗校一過。宋本譌舛，爲倍于此，却藉改正亦多。仲子。

宋本目録上有庶常手書此跋，目覩爲傷，因并録副紙。仲子又記。

案，宋王明清《揮麈録》：「元魏獻文欲置學宫於郡國，高允表請置博士、助教、學生，大小郡各有差。郡國立學自此始。事載允傳。」本朝高承纂《事物紀原》，自謂博極而不取，何耶？此書刊于宋寧宗朝，楮墨不佳，又剗去序文，定非全帙。凡書經重刊者，皆取時用所急，多減削原文以射利。宋元以來，皆坐此弊，失作者意。徐駿識。

歸潛志十四卷舊鈔本

《歸潛志》十四卷，中闕十一、十三兩卷。余從吴興賈人買得，錯誤脱謬，殆不可讀。雖用竹垞本參校改正，究不可句爲多。暇當用《中州集》《金史》互勘，其譌謬定可證數十處也。朱本止九卷，比此又失十與十二、十四三卷也。仲子記。

李長吉歌詩四卷校本

庚寅，借得毛斧季南宋本校過者，復正數字，已爲善本。後人勿棄擲之。焯記。

異同處，俱照《文萃》《英華》改定。康熙丙戌，得見碣石趙衍刊本，又稍加是正。趙本止四卷，不載集外詩。

康熙庚午冬，寓京師。欲讀長吉詩，無之。因從肆中買得此惡本。屢經目，便不忍棄去。後人念余見書之難，願勵志向學也。後二十年，焯記。

乾隆丁巳夏五，從從弟三學借得侍讀先生批校本，傳閲一過。跋中斥爲惡本，葢會稽曾氏本也。此本實勝曾刻，更得校勘審細，便爲良書，勿易視也。虹橋何仲子記。

孝章金先生，身後圖籍散失，此本亦其架上物也。卷中印記宛然。卷首標題，尚屬不寐道人手迹。余數歲前，從城隍廟前書肆中，以白金數銖得之。再識於後。

笠澤叢書七卷補一卷校本

借華山馬寒中所藏弘、正中鈔本校。鈔本雖未經校勘，訛誤觸目，詳其所自，卻從宋本胥録，究爲善本。觀者幸不以訛誤而忽諸。康熙戊戌秋又八月之一日，仲子記。

閑閑老人滏水文集二十卷舊鈔本

借汲古閣鈔本影寫，借朱竹垞太史本對校。兩家本子俱錯誤，殆不可讀，然朱本實勝毛本也。安得元槧本，盡改其譌字，可快也。康熙癸未仲夏，小山記。是歲中秋之前，寄至京師。因讀公文九卷，改其灼然可知者數處。亦有毛本是者，並正之。

松陵集十卷校本

毛十丈有小字殘本十一帋，不忍捐棄，于故簏檢出，僅一卷之半，費三日工裝裱。此壬辰歲事也。去年九月，毛丈作古。今月望日，其孫持書售人。余感老人愛重宋槧，意以三星銀買之。取校所刊之本，更無譌誤。老人恒言此集校修爲精，信也。康熙甲午萬壽太歲年夏六月十七日，何仲子識於語古東軒。溽暑亢旱，焦灼土田。余得于軒中把卷納涼，爲樂何如。宋本十二行廿二字，遇「冓」俱虚，唯存左傍，似是高宗時刻本。而通字中缺豎畫，又仁宗未親政時所刊。爲不可解。以上在《松陵集》卷十後

二妙集一卷 舊鈔本

此爲竹垞故籍，毛斧老假而不歸。既没之二年，伊子雜售於湖船。余以銀三錢得之。康熙乙未秋，小山記。

西崑酬唱集二卷 舊鈔本

上闕舊物也。三月望日手校，改二字。千金中闕作「是」字。淡生堂鈔本上卷《鶴》詩闕，

楊億「悵望中闕」連前《鶴》詩寫去，又闕劉中闕將一詩却以下任隨作劉筠下中闕鈔本每印，現成格紙，鈔寫不□。元書行款，往往骨録，多有脱中闕謬。寫竟□裝褫，全不校對之致中闕得其元本一校，庶乎此書無毫毛憾也。仲子廬江生煌記。

淮海集長短句一卷 錢遵王校宋本

辛巳五月二十三日，再以殘宋本校，缺更倍於錢所見本，而刻則一也。小山。

太平樂府九卷 明活字本

此故明神宗萬曆初活字本，孫康卿識丏校之不易，觀者當鑒之。仲子。

也是園古今雜劇

雍正乙巳八月十日，用元刊本校。鈔本《單刀會》

雍正乙巳八月二六日，燈下用元刻校勘。仲子。息機子刊本《看財奴》

雍正己酉秋七夕後一日，元槧本校，中缺十二調，容補録。耐中。息機子刊本《范張雞黍》

用李中麓所藏元刊本校訖。了清常一校，爲枉廢也。仲子。新安徐氏刊本《魔合羅》

雍正三年乙巳八月十八日，用李中麓鈔本校，改正數百字。此又脱曲廿二，倒曲二，悉據鈔本改正補録。鈔本不具全白，白之繆陋不堪，更倍於曲，無從勘正。冀世有好事通人，爲之依科添白。更有真知真好之客，足致名優演唱之，亦一快事。書以俟之。小山何仲子記。新安徐氏刊本《王粲登樓》

抱經堂集外書跋

今傳《抱經堂文集》三十四卷，而題跋獨居其十，於各書之源流校勘，敘述詳明，最爲鉅觀，惟編次較雜。讀嚴元照《書盧抱經先生札記後》，知集非手定。其言曰「先生唯以書之流播爲樂，己之文集則無暇力以及，垂没之年，始以付梓。未及五之一，即下世。錢塘梁山舟侍講出白金五十兩，布告同人佽之。年餘，栞成五十卷。其編次删汰，有不可解者」云云。於其書之編刻，深致不滿。惟據目録後徐鯤識語，則力任剞劂者爲鮑以文，相與商榷者爲孫頤谷，《餘稿》十餘卷則續刻，屬之梁曜北，與嚴説殊不讎。續刻今無傳本，則嚴氏何以所見爲五十卷，恐係涉筆之誤。然可知集外文有十餘卷，而其中題跋必多，惜乎不可見矣。余所見抱經手校本，考證必詳，字體必工，每卷之末，必記年月，往往涉及行事。凡讀書之勤，友朋之樂，即家常瑣屑，無不足以供企想者，《文集》固所削而不載，近柳氏詒徵即據以纂成年譜。然則安可棄耶？故遇集外題跋，輒録存之，如手校《古今佚史》各種，昔從涵芬樓借讀時所録也。未幾，而樓燬於日寇，書亦同燼。張菊生先生序《燼餘書録》，乃誤記爲何義門校本，從知散在人間者，日在燬滅中，不亟輯存，何以垂後？至他文，則以俟世之好事者。公元一九六六年六月，王欣夫識。

五經三十四卷 明覆宋刻本

乾隆十六年八月，在北平黄崑圃家，借小字宋本校過。至四十九年十一月，在婁東重録此本上。宋本不分卷，音　更詳，與此本異，盧文弨識。

十一經問對五卷 校鈔本

乾隆四十九年八月十九日盧抱經閱。是日於鍾山書院中砌芍藥花臺。卷一後

八月二十八日閲。接儀徵汪庸夫書，以《孟子章指》借我。余辛巳年所見本，尚闕末一卷，今得録全矣，快甚。抱經盧文弨識。卷二後

九月七日燈下校。日苦不足，奈何！卷三後

是卷亦八月十九日寫畢，即校之。東里盧文弨書。

九域志十卷校鈔本

乾隆乙巳五月八日東里盧文弨閱。時擬刻《春秋繁露》。卷一後

乙巳四月二十五日閱。卷二後

乙巳四月十七日，孫淵如來晤，將往中州畢中丞署。言及《山海經》肅慎國雒常樹下「先入伐帝」，乃「聖人代立」之誤。《太平御覽》不誤。卷三後

乙巳四月初八日閱。卷四後

乾隆乙巳四月庚辰朔，此卷先鈔完。盧弓父記。

丁未三月二十七日，因別鈔有古蹟之本，乃借之吴葵里者，因復對閱一過。以上卷五後

乙巳四月十二日閱。卷六後

乙巳四月二十日寫竟。盧弓父記。卷七後

乙巳四月二十九閱。卷八後

此與第一卷同日寫完。乙巳五月八日記。卷九後

乙巳五月十一日鈔畢。家人將回杭州，可以元本送知不足齋主人矣。東里盧文弨，時在鍾山書院。

乾隆五十一年九月，以馮集梧新刊本校其里數，異同姑從略。弓父又識。

丁未四月，又鈔得有古蹟本，對校一過。二十四日，弓父記。以上卷十後

咸淳臨安志一百卷 鈔本

前有序文二葉，係專序行在。所録者，余所見止半葉。凡例後附圖四葉：一皇城圖，一京城圖，一浙江圖，一西湖圖。

乾隆三十八年始鈔是書，不得別本詳校。既畢，鮑君以文出其所藏宋刻示余，乃知外間皆爲俗子删節貿亂，少有完者。因借以校此本，庶幾復還舊觀云。甲子二月二十一日，范陽盧文弨㲋菴書於金陵之寓齋。

案，後有乾隆四十二年三月二十九日跋，見《文集》卷九。

咸淳臨安志九十五卷舊鈔本

乾隆三十八年始鈔是書，不得別本詳校。鮑君以文出其所藏宋刻示余，乃知外間本皆爲俗子删節貿亂，少有完者。因借以校此本，庶幾復舊觀云。甲午二月二十一日，范陽盧文弨𧆞恭書於金陵之寓齋。

文子纘義十二卷校本

乾隆四十八年九月三日，此本從都門寄至。適所借《道藏》本在案頭，取以讎校此。所闕《纘義》，託友鈔之，以成全書，豈不快哉。東里盧文弨弓父。

九月五日校。新舉人太原牛德音、定襄唐世原、襄陵盧焌、萬泉吴逢聖、屯留曹勳祖、臨縣郭綬光、鳳臺林荔、高平林時蕃、陽城張埰八明府出闈，皆來晤。余將歸里，急校此。弓父。

文子姓辛名銒，一名計然，葵丘濮上人也。師事老子。

東坡先生志林五卷 校明刊本

早起，天氣甚清。偶披此卷，閲之，殊爽人。甲午四月廿九日，文弨記。卷一後

五月八日，閲。倦甚，欲睡。卷三後

五月九日。頗多應酬，燈下不能讀他書，因閲此。卷四後

劇譚録三卷 明覆宋本

乾隆壬子鈔。十一月二十五日，以刻本校。盧弓父。

次年七月十日，重校竟。兩本各有得失，取短棄長，俱成善本矣。七十七叟記。

釣磯立談一卷 舊鈔本

丁酉七月二日，東里盧弓父閲竟。元本有汲古主人毛子晉父子圖章，蓋善本也。託

江寧李生育芬倣鈔之。戊戌四月回杭，見鮑氏新刻，因再閲一過。二十五日。

此書南唐國亡後，記其興衰之槩，不知何人著。其自序云：叟，山東人。清泰中，隨先校書，避地江表。父子皆不以進取爲念。書中有云，山東有隱君子者，與韓熙載同時南渡，以説于宋齊丘。齊丘引以見烈祖，擢爲校書郎，不能用其言也。於是放意泉石，遂卒不仕。此殆其先人歟？是書於忠佞功罪之迹，可稱實録。徐鉉等撰《江南録》，誣潘佑之死以妖妄。叟雖未見其書，而疑其必有曲筆，爲書佑以直諫死，使後之人不信其謬悠。其用意抑何至也！序云得百二十許條，今計之，祇三十條，然要領已無不盡。且相傳止一卷，未必本書多於此三倍也。曹氏刻本多訛脱，此本爲何小山所傳，較完善，因傳録之。乾隆四十二年七月戊辰，東里盧文弨書於鍾山書院。

詩式五卷 舊鈔本

此書世有鐫本，俱不全。今乃得此五卷完備者，從兩漢及唐詩人名篇麗句，摘而録之，差以五格，括以十九體。此所以謂之「式」也。若世間本，則虛長其目而已，豈知其用意之所在乎?《杼山集》十卷,余向鈔得之,乃陸敕先校定者,極精細。今又得此完本,因亟令人傳録。讀杼山詩者,即以其所謂格與體者求之,不可知其撰造之有自乎?乾隆四十二年八月既望九日,杭東里人盧文弨書。

賈閬仙長江集十卷補遺一卷 鈔本

丙申十月二十五日閱。張生均爲余寫。卷一後

丙申十一月五日閱。今日撰《江陰楊文定公傳》竟。卷二後

丙申嘉平八日閱。束裝還杭矣。卷三後

丙申仲冬二日閱。卷四後

十一月四日閱。卷五後

丙申十一月七日,飲陶孝廉衡家。歸,閱此。卷六後

丙申十一月四日,欲往送謝學使同年。值雪下,不果。閱此卷。東里人。卷七後

丙申十月二十五日閱。黄生鎔爲寫此卷。卷八後

丙申十一月朔，候顧仙沂，託寄邗江札。回院，閲此。卷九後

丙申十二月六日，呵凍閲。卷十後

乾隆丙申季冬三日，挑燈自書此數葉，期速竣，以便歸涂即還吴友也。盧文弨記。後序後

剡源文集五卷 鈔本

乾隆丁酉四月十七日，盧抱經閲。甲集後

丁酉四月二十七日，弓父閲。去冬，寄蘭於朱生所，因凍不活。今日別購兩盆貽余。乙集後

丁酉五月十六日閲。明日是夏至。丙集後

所見舊鈔本有二，其一多古字，其一已改從今字矣。而有改之不盡者，可知古字爲本書也。丁酉五月廿一日，盧文弨書於鍾山書院。

古今佚史二百九十卷校本

輶軒使者絶代語釋别國方言十三卷

乾隆丙子十一月既望，盧文弨以胡文焕本校。

音不知何人所加，必非郭氏原本，且亦有不與其字相值者。丁酉八月三日，弓父閲。

乾隆四十二年八月十日，在鍾山講舍校竟。盧文弨字紹弓識。

吴門吴枚菴翌鳳，借得錢遵王所藏影宋本，校此刻本。余又從吴校本過録。己亥十月十六日，在崇文書院課士閲。

癸卯臘月之望，鮑以文從吴門見吴慶元刻本，假以示余。因再閲一過。

釋名八卷

乾隆丙子十二月除夕前三日，盧文弨以胡焕文本對校。胡本脱誤甚多，非善本也。

乙巳四月，又以金壇段若膺明府所校何允中本校。何本亦有脱漏。

白虎通德論二卷

本十卷，有分四卷者。此又衹作上下卷。丁酉七月五日，抱經氏校。二十五年前，曾校叢書本一過，即四卷者是。

丁酉七月廿二日，東里盧文弨弓父校。吾鄉有墓祭用樂者，殆未考此。

甲辰九月二十九日，以小宋本、元大德本覆校，悉以諸書所引異同録此本上。抱經氏。

《漢魏叢書》本具録莊述祖所校訂於上，尤詳備云。

獨斷一卷

中所校改，余别有本，記其出處。時乾隆丁丑二月。

刊誤二卷

乾隆二十一年丙子春二月上丁日，抱經盧文弨校。

乾隆庚戌四月二十三日，七十四叟盧弓父閱。

古今注三卷

乾隆辛未年盧文弨校。

丁丑正月復閱。

己亥三月，得舊鈔本校，乃從明㮰齋宗室梓本出者。更溯之，則嘉定庚辰東徐丁黼刊於夔門本也。訛脱殊甚，然亦有可採處。

己亥三月廿二日，在西湖書院閱。今日東陽兩生葉蓁、陳愛蓮來問業。

己亥三月廿三日，弓父校竟。

博物志十卷

乾隆二十二年歲在丁丑，盧文弨校。

四十三年歲在戊戌正月十日，又閱。

續博物志十卷

乾隆戊戌正月十八日，盧弓父閱。時年六十有二。

王子年拾遺記十卷

《稗海》中陳士元校本，多妄竄改。乍讀之，覺其詞順，細證之，多未符也。且不載蕭綺録語。辛未

此書注多雜於正文，宜别出之。辛未

陳本亦有是處。癸巳

乾隆十六年，盧文弨以《稗海》本對校。至三十八年，又校。七月四日。

此後序與《晉書》微有數字異同，而題曰「後序」，非也。他本有此，因録之，可以證《晉書》誤字。乾隆癸巳七月二十三日，范陽盧文弨識。

乾隆戊戌正月十四日，以商濬《稗海》校一過。弓父。

乾隆己亥四月二日，在西湖書院重校。周生辰與有力焉。距癸巳，忽忽七年矣。

山海經十八卷

己亥正月二日丁亥，步行賀年，汗浹歸。少息，乃閱此卷。

癸卯四月十七日，得畢中丞新刊本校。六月六日，又以《道藏》本校。卷一後

己亥正月十一日閱。是日子初舉一丈夫子。當屬初十日。五字後注

癸卯六月十一日，在陽曲校。

子小名艮學，名慶嶲，已入小學矣。均卷四後

癸卯七月庚寅朔校。汪芍坡方伯來晤。卷六後

癸卯七月二日校。温屏山臬使見招觀優，不赴。卷七後

七月八日校。汪方伯送酒。卷十三後

癸卯七月十一日校。有興縣王生映五來謁。卷十七後

乾隆四十年七月七日，東里盧文弨細校一過。

四十四年正月十六日校訖，改正甚多。

四十八年，又以山西純陽宫藏本細校，後五卷異同甚多，當善擇。七月十一日，弓父。

海内十洲記一卷

乾隆丁丑，盧文弨以李際期本對校。

吴地記一卷後集一卷

乾隆丁丑四月，盧文弨以李際期本校。

岳陽風土記一卷

乾隆丁丑二月，盧文弨校。

三輔黄圖六卷

乾隆二十一年丙子嘉平月，盧文弨校。

教坊記一卷

乾隆丙子十二月既望，盧文弨閲。

末一篇如曲終奏雅。丙申二月四日，雨窗偶閲。弓父。

樂府雜録一卷

乾隆二十一年季冬月，盧文弨閲。

乾隆丙申正月，復閲一過。時在金陵。

九經補韻一卷

《百川學海》中是宋本，已有譌。

乾隆四十一年二月四日，盧文弨閲於金陵寓舍。

庚戌四月二十四日，又校改數字。

穆天子傳六卷

乾隆二十一年丙子嘉平月，盧文弨校。

己亥三月廿八日，得鈔本，又看一過。弓父記於崇文書院。

癸卯八月庚申朔，以《道藏》本校訖。弓父記於山右之三立書院。

汲冢周書十卷

乾隆四十三年長至日燈下，抱經盧文弨閱。

癸卯十二月，以沈嵩門所校明章蘗本再校。卷一

十一月五日，邀大興張晴溪、陽湖蔣容安，爲湖上之游。歸而閱此。

甲辰十一月八日，在太倉。借元劉廷幹本校。卷三

戊戌十一月六日閱。作書與江蘇劉學使，薦兩孝廉入幕。一，周新之，名鼎；一，桑貢培，名經邦。皆正直人也。卷四

冬至後二日。卷五

戊戌十一月九日閲。作書與大兒子暨揚州、江寧諸友。卷六

十一月十日，偕張端甫母舅、王辛木門人、召音弟，出艮山門，至孫家橋相地。夜間校此。卷七

十一月十一日校。卷八

十一月十二日，弓父閲。卷九

十二日夜，又校。此卷畢，尚須細讎。東里抱經父。

乾隆戊戌十一月，以惠松崖棟、沈果堂彤本校。

逾月二十日，録惠、沈二君校語訖。

癸卯二月九日，再謄出清本校。卷十

西京雜記六卷

乾隆丁丑正月既望，盧文弨校。

商濬本鈔本，分自甲至癸，亦不可信。

趙后列傳一卷

乾隆丙子春，盧文弨閱。

六朝事跡編類二卷

以上宋刻本校。卷上

乾隆三十八年六月二十一日，東里子盧文弨校。

越絶書十五卷

乾隆丁酉九月十二日，盧弓父閱。

在前辛未年，曾以此本校他本。

戊申，又以鈔本校張省甫本上。

吴越春秋六卷

乾隆四十九年歲在甲辰，東里盧文弨在常州，借莊葆琛家元大德本。十月十八日，携舟中。廿三日，至攝山，校訖。

乃明弘治十四年，巡按袁經大倫授吴縣令鄺廷瑞重刻本。

華陽國志十二卷

乾隆二十二年丁丑二月，盧文弨校。

張佳胤本不如此本多矣。　此倒説也。張本有翻本，不如此本整齊，然尚多未卷，誤字亦少，應勝此本。

列仙傳二卷

乾隆癸卯七月十八日，以《道藏》本校。每人後各有贊，當鈔補之。文弨。

博異記一卷

《唐宋叢書》本少四條，不全。

集異記一卷

乾隆壬子，以《唐宋叢書》校。

金志一卷

乾隆己卯六月，盧文弨校。

與朱文游書

自得交高雅，年來更得擴我見聞，受益匪淺。此月初旬，遣价齋繳珍藏善本十種，共廿七本，諒已檢入。今復續看出《韓非子》三本，奉繳。韓非書以趙文毅本爲最善，然其中亦有後人以意增損處。今得馮校，又益以凌瀛初本，而是書殆無憾矣。《八說》篇有云「登降周旋，不逮日中奏百」，舊俱不得其解。案，此即《荀子·議兵》所謂「日中而趨百里者」也。弟近校訂王伯厚編輯三種：一、《尚書鄭注》，一、《論語鄭注》，一、《左氏賈服諸人義》。因鈔手脱誤甚多，亦有原書誤處，因細加考核，頗有正定。閲余君《鉤沈》，知此三種，惠氏有之，不知可轉借一互校否？余君所見宋本《左傳》，亦當出自鄴架，可并賜一對否？又，王氏《詩攷》，載在《玉海》，亦有别本，然皆訛錯甚多。弟向曾增改，久置篋中。今因此三書，遂并《詩攷》，亦再加訂正録出。將來請教高明，庶有以益我之不逮也。《姑蘇名賢小記》，始高太史，終王徵君以道。弟處本有缺葉，亦可賜善本一對否？小价約來日内，即可從杭返棹，乞有以教之，幸甚。順此請安，不盡馳溯。文翁學長先生文几。學弟盧文弨頓首。四月十七日。

前懇代覓善本可以送學使者，不知有數種否？今寄信者，係書院生往餘杭買絲，回日必經蘇。倘有幸，交大小兒處爲禱。又及。

前日亡荆柩過蘇，慨不敢當親友賜禮，而過承吾兄親爲致奠。值小兒大病之後，諸凡不周，開罪之至，銘謝無已。取書一事，弟連接尊札兩番，屢向總局索討，奈書局向設於察院舊署，近月來爲中丞及主司公館。而司局者爲江甯縣贊府王君名承敬，委派在制府轅門暫攝巡捕，難得相晤。弟後一札致彼云，弟之書無甚要緊，不領亦可，而朱姓之書，乃朋友相託，不可不爲圓全。渠乃與制府内幕一友相聞，其人乃以弟先交出之單只十三種，當即交還七種爲言。弟又覆彼一札云，薩中丞來單是廿種，因一時不能聚集，故先交十三種，隨後又交出七種，如《杼山集》《建康實録》二書，亦在後一單交出。弟必不能捺下，不照原單交出。渠于是要弟開出書目，因書已交官，其發回者又已全數奉還尊處，原單實未留底。於是極力搜索，開出十九種，尚有一種，再想不起。今列於左：

穆伯長集兩部　六朝事蹟兩部

柳仲塗集　庾開府集

鮑參軍集　蔡中郎集

刊誤補遺　以上九種，俱已奉還。

北夢瑣言　拾遺記

此兩種曾否奉還？若未還，須向書局再問。

湛淵静語　習學記言

此兩種，彼云發還，究未收到。

九朝編年　　白蓮集

此兩種，渠云已進。

杼山集　　建康褋録此書後渠札云有。

唐人兩家一李翺，一是皮日休否？

此皆是第二單交送。除《建康》外，三種尚未得渠回札。又有一種，是何書，祈開明與弟。渠要印結具領，可笑之至。因制府、藩台俱公出，所以查檢費事。凡事一經官府，便不能剪截了當。兄定知弟非耽悮及沉擱也。《會稽志》原書錯落甚多，弟一一爲改正，於尊書不爲無功，歲杪即可奉上。張淏《續會稽志》若有，乞并賜借抄是幸。此地朋友，好古者絶少。所云周耐龕之書，訪問皆不知。弟歲杪專人來蘇，如書局之書發下，當即趙上。弟雖愛書如性命，然從不敢奪人所好。此又不待自明者也。尊謙不敢當，并繳。順請近祉，不盡縷縷。

若可再賜一二佳本，捧讀爲感。否則惠秉兄處有定宇先生手校之《左傳》等經，借來一種，亦感。并希叱賤名，候其近好。又及。

文兄先生千古。　　學弟功盧文弨頓首。　　十月十七日。

原札并送閲。

秋室書録

錢塘　余　集　撰
吴縣　王欣夫　校

毛詩指説

右唐成伯瑜撰。書凡四篇。一《興述》，首明先王陳説觀風之旨，孔子删《詩》正《雅》之由。二《解説》，先釋《詩》義，而後《風》《雅》《頌》次之，《周》又次之，《詁》《傳》《序》又次之，篇章又次之，后妃又次之，終之以《鵲巢》《騶虞》。大略即舉《周南》一篇，隱括論列，以引申及其餘篇也。三曰《傳授》，詳魯、韓、毛、齊四家之世次，後儒之訓釋源流亦備著焉。四《文體》，三百篇中，句法之長短，篇章之多寡，措辭之異同，用字之變化，皆臚舉而詳之，類劉勰《文心雕龍》之作。伯瑜尚有《毛詩斷章》二卷，見《崇文總目》。《唐·藝文志》載唐人説《詩》者，自孔氏《正義》而外，惟成氏二書及許叔牙《纂義》十卷。今《斷章》《纂義》皆不存。是書經熊克刻之泮林，故尚有傳本。吉光片羽，殊足珍惜。伯瑜中山人，字爵未詳。朱彝尊《經義考》稱其于《詩》《書》《禮》，皆有論著云。克字子復，建安人。

毛詩名物解

謹案，《名物解》二十卷，宋蔡卞撰。卞字元度，興化仙遊人。熙寧三年，與兄京同舉進士第，仕至觀文殿學士。平生本末，具詳《宋史》本傳中。卞爲王安石壻，因從之學，一意以安石爲宗。素有辭辨，居心傾邪。是書大略規仿《爾雅》，主於訓詁名物，議論穿鑿，徵引瑣碎，多承介甫《字説》之謬。且所釋「蝴蜨」「蚒蛇」之類，非經中所詠，亦闌入焉，實無當於風人之旨也。然往往多有出於孔氏《正義》、陸氏《詩疏》之外者，亦未始非博物多識之一助。自《釋天》至《雜解》，爲類凡十有一。而陳振孫作十類，卷凡二十，而陸元輔作十六。或其分析卷帙，偶有異同云。

歐陽公詩本義

右《詩本義》十六卷，宋歐陽修撰。修以毛、鄭之説，質之先聖則悖理，考於人情則難行者，爲論以辨正之，爲《本義》以發明之。其或義已見於論者，則不復别著《本義》。凡爲説一百十有四篇，《統解》十篇，《時世》《本末》二論，《豳》《魯》《序》三問，而《補亡鄭譜》及《詩圖總序》附於卷末。修之言曰：「察其美刺，知其善惡，以爲勸戒。所謂聖人之志者，本也。因其失傳而妄自爲説者，經師之末也。學者得其本而通其末，斯善矣。否則，闕其所疑焉可也。」又曰：「先儒於經，不能無失，而所得固已多矣。盡其説而理有不通，然後以論正之。」此作書之本旨。故其立論，未嘗輕議二家之短長，而能指其不然，以深持詩人之意。前此説經者，多祖述毛、鄭。孔穎達作《正義》，至不敢一言牴牾。其不相侔者，且曲爲説以通之。韓愈爲唐之大儒，其所引「菁菁者莪」，亦規規焉墨守其説。千餘年來，無一人有異議者。自《本義》出，其後王安石、蘇洵、程頤之徒，接踵而起，更相發明，三百篇之理趣焕然益著。而體驗物情，深求其故，尤推是書。吕祖謙之《讀詩記》、李樗之

《集解》、朱子之《集傳》，多用其說。《統解》十篇，張燿至比之《易》之有《繫辭》《說卦》《雜卦》《序卦》。朱子亦謂其辨毛、鄭處文辭徐緩，到底不易，亦可以得其言《詩》之旨矣。公字永叔，廬陵人。官至太子少師，贈太師，謚文忠。本末具詳本傳。

詩傳遺說

右宋朱鑑裒次其先祖文公之遺說也。文公之爲《集傳》也，屢易其說而後成。凡一字之疑，一義之隱，必反復商榷，折衷於至當而後已。故其緒言餘論，往往散見於他書，雜載於門弟子之所記授，類足以發明《集傳》之意。使不彙而存之，奚以備學士之參竅？鑑於是檢文集、書問、語録各種，都爲一集，題曰《詩傳遺說》。首《綱領》，次《序辨》，次《六義》，明讀《詩》之要旨，辨往說之是非，著《小序》之失，發無邪之旨，繼之以《風》《雅》《頌》之論斷，終之以《逸詩》《詩譜》《叶韻》之義。凡六卷，單辭隻義，甄録無遺。學者讀《集傳》而兼攷乎是，將所謂「温柔敦厚」之意，「興觀羣怨」之旨，不益犁然會於心歟？鑑字子明，文公宗子埜之子也。仕至吏部郎中，湖廣總領。又有《易說》若干卷，其大略相類是編，其爲承議郎權知興國軍時所輯，蓋宋理宗端平乙未歲也。鑑與文公皆生於庚戌，文公初得孫，喜甚，以書抵龍川陳亮曰：「小孫資禀壯實，他日可望。」告廟則曰：「嗣子既亡，次當承緒。」異時朝廷察其遺忠，或有恩意，亦令首及。」鍾愛異於諸孫如此。見劉後邨所著墓銘。鑑淵源家學，無忝先人。復有志於揚前哲之清芬，以開示乎來學，亦可志也。

張氏詩説

《詩説》一卷，宋張耒撰。書凡十二條，原載《宛邱本集》中，無序文，篇目非單行之本也。通志堂刻入《經解》，以備一家之説。成德稱其有感於熙寧開邊斥竟之舉而爲之，亦祇就其一篇之説而意之也。耒字文潛，楚州淮陰人。與黄庭堅、晁補之、秦觀俱遊蘇軾之門，天下稱「四學士」。以黨籍，未致大用云。

林氏毛詩講義

《毛詩講義》十二卷，宋林岊撰。岊字仲山，福建古田人。紹熙元年，特奏名。嘉定間，嘗守全州。《宋史》不爲立傳，而《閩志》稱其在郡九年，頗多惠政。重建清湘書院，復建率性堂，日偕諸生，講明道學，勉敦實行。鶴山魏了翁與昷友善，爲作《書院記》紀之。郡人祀之柳宗元廟。其治績殊可紀，蓋亦學道君子也。兹編乃其講義，簡括箋疏，依文訓釋，大指取裁毛、鄭，而折衷其異同。雖範圍不出古人，而融會貫通，絶無枝言曲説之病。觀其體例，當是在郡時講授所及，門弟子因録而成帙耳。説《詩》至宋時，若劉敞、歐陽修、王安石、蘇轍，以迄程、朱，務黜《序》説，駁毛、鄭，各以意逆志，求合於風人之旨。雖其所得，或有什伯於前人，而或至放言高論，屈經以從己説，武斷以亂是非，若鄭樵、王柏之徒，亦不免一時之流弊。昷在光、寧間，諸儒之説正盛，而獨沾沾焉闡古義以詔後來，亦可謂篤信漢學者矣。案《宋史·藝文志》、馬端臨《文獻通考》及《文淵閣書目》，皆載有此書，五卷。自明初以來，久無傳本，故朱彝尊《經義考》以爲已佚。今從《永樂大典》各韻所載，次第彙輯，用存其概，而闕其所原逸者。因篇帙稍繁，謹釐爲十二卷，不復如其原目云。

詩纘緒

右元劉玉汝撰。玉汝《元史》無傳，其行履亦不見於他書。惟以周霆震《石初集》考之，知其爲廬陵人，字成之，嘗舉鄉貢進士。而所作《石初集序》末題「洪武癸丑」，則明初尚存也。此書諸家書目從未著録，獨《永樂大典》各韻内，頗載有其文。其大旨專以發明朱子《集傳》，故名曰《纘緒》。蓋以纘紫陽之緒爲言，體例與輔廣《童子問》相近，而發揮更爲精暢。凡《集傳》中一二字之斟酌，必求其命意所在。或存此説而去彼説，或宗主此説而兼用彼説，無不尋繹其所以然而闡明之。至其論比興之例，如曰「有取義之興，有無取義之興，有一句興數章，有數句興一句，有賦又比，比又賦」之類。明用韻之法，如曰「隔章爲韻，疊句爲韻，重韻爲韻，隔句爲韻」之類。論風、雅之别，如曰「有腔調不同，有詞氣不同」之類。於文公比興、叶韻之説，皆反覆體究，詮釋明當，足補前人所未備，洵可爲朱氏功臣。《詩傳》自紫陽始發理趣，後宗其説者漸多，輔氏以外，如胡一桂之《附録纂疏》、梁益之《旁通》、汪克寬之《音義會通》、劉瑾之《通釋》，悉能發朱子之藴。胡廣等據以纂輯《大全》，遂爲世所習用。玉汝此書，尤推闡無遺，與諸儒足相伯仲。乃前人罕有稱之者，則其亡佚久矣。今就《永樂大典》所載，依經排纂，正其訛脱，定爲書十八卷，以爲羽翼《朱傳》者，備一家之説焉。

悔菴書跋

九能經術詞章，造詣皆深。性尤嗜書，芳椒堂所藏，多宋元槧本。遍交並時通儒碩彦。其目録之學，鑑賞似鮑渌飲，校讎似盧抱經。更難能者，於大部秘籍，率手鈔以傳。如宋槧《儀禮要義》《夷堅志》諸書，爲世所豔稱。《儀禮要義》並先後手鈔兩部，其一曾留寒齋數月，即顧千里據以補景德單疏闕卷者。諧價未成，至今惜之。題跋大都已刊入《悔庵學文》，爲删定之稿，與手跡往往有詳略之異。而卷尾所記瑣事，若鮑、盧之所爲者，則集中例當芟薙。然一時交際，逸聞墜掌，多足資考據、作談助者，今悉録之。跋中多及其寵姬香修事，曾作《畫扇齋秋怨詞》，遍徵題詠。又於所藏善本，皆鈐香修小印，以蘄芳名與古籍同永其傳。郭頻伽題詞所謂「香修，幾生到此，書縫列芳名，指印同留」者也，用情可謂深摯。先後與陸梅谷之虹屏，勞兾卿之雙聲並稱。然虹屏尚能作詩詞，善鈔書，而香修則多愁善病，不容於大婦，憔悴以死，未聞有可表述者。蓋昔日士大夫所謂風流韻事，徒見其惡俗而已。讀九能書跋，略之可也。公元一九六六年六月，王欣夫識。

爾雅新義二十卷舊鈔本

《爾雅新義》，宋陸佃著。《永樂大典》不收。自來藏書家，絕不著録。《經義攷》云未見。案，陳氏《書録解題》極口詆諆。余意佃固多識于鳥獸草木之名者。其撰《埤雅》，雖多穿鑿，要爲博贍。注釋《爾雅》，應不大相遠，何至遂如陳氏之言乎！予求此書有年，初聞徽州有之，道遠莫能致。後聞同邑丁小疋教授插架有之，遂從借閱。乃從宋本舊鈔，共二十卷，殆即陳氏所云其曾孫子遹刻於嚴州者也。家君以其罕見，手録一本畀余，五旬而畢，命余校勘。卷首有元符二年自序，文極詭誕。全書之穿鑿荒鄙，難以言喻。其注「履帝武敏」，引「《武》未盡善」；注「大者謂之栱」，引「大舜有大焉」。何不經若是！覺陳氏所譏玩物喪志，未足蔽辜也。佃又號通小學，宜稍知識字。鬩字從鬥，《經典釋文》《開成石經》皆從門，自是隋唐繆體。佃不知正其誤，于「鬩，恨也」注反附會之曰「門内之事」，則竟以爲從門矣。「螼蚓豎蚕」，「蚕」字從天、虫，他典切。義與「蠶」字迥别。唐俗借作

「蠶」字，《廣韻》「蠶」字注云：「俗作蚕。」故知起于唐人爾。後遂相承如此。然固未有以「蚕」字解《爾雅》「蠶」字者。佃注云：「蚕老而後眠。」是意以「蚕」爲「蠶」。且不知「蝝桑繭」之文又是何物也。通小學者，固如是乎？其所讀破句亦不少，「狄臧槹貢綦」，郭不分句讀，《釋文》《廣韻》以「狄臧槹」爲句，佃以「槹」字屬下讀；「樸枹者，謂檓采薪」，佃以「謂」字爲句；「蠸蚅蟹蚕，莫貈蟷蜋，虰蛵負勞」，各以四字爲句，古無異讀，佃以「蚕」屬「莫貈」爲句，「虰」屬「蟷蜋」爲句，皆由杜撰，絶無所本。其注多引用《荆公字説》，當元符已禁用王氏新説，而佃尚欲鼓其頽波，疑誤學者，殊可恨也。然則奚取乎此書而存之？曰：《爾雅》文字多譌。毛晉所刻注疏本出，多至不可枚舉。此書乃北宋本，經文多可是正俗本，今悉疏之于左。《釋詁》：「底、底、尼、定、曷、遏，止也。」與《釋文》《石經》合。《釋文》：「底，丁禮反；底，之視反。」後人妄疑是重文，輒改「底」字爲「廢」。《釋言》：「榰，柱也。」「榰」從木旁。《説文》「榰」訓「柱砥」。《玉篇》：「榰，柱也。」皆在木部。《釋文》《石經》亦同。近本誤從手，《説文》《玉篇》手部無此字。「華，皇也。」與《釋文》《石經》合。近本倒其文，作「皇，華也」，誤。《釋訓》：「忯忯、惕惕，愛也。」《説文》：「忯，愛也。从心氏聲。巨支切。」《玉篇》：「忯，敬也，亦愛也。」近本誤从氏。《説文》無「忯」字，《玉篇》有之，都替切，悶也，音義與「怟」別。「鑊，煮之也。」鑊字从金，近本誤連上「濩」字，亦从水。《釋天》：「四氣和，謂之玉燭。」李善注《文選》，屢引皆同，《石經》亦同。後來誤作「四時」，不知下有「四時和，謂之通正」之文，不可混也。《釋地》：「珣玗、琪玗，从于；枳首、虵枳，从木。」皆與《釋文》合。近本誤作「玗」，作「軹」。《釋丘》：「當途梧丘。」邢氏疏云：「當道有丘名梧丘，言若相遇於道路然也。」近本誤作「堂途」。《釋水》：「河水清且灡漪。」灡从蘭，與《釋文》合。近本誤从闌。《釋艸》「孟狼尾」，與《石經》同。近本「孟」譌「盂」。「澤烏蕵」，與《釋文》《石經》同。郭注云：「即上蘾也。」近本竟作「蘾」，則重文矣。《玉篇》《廣韻》「蕵」字注云：「烏蘾草。」「荢蔴母」，「荢」，孫叔然音「嗣」。《釋文》《石經》皆从字。《說文》作「芓，麻母也。从草，子聲。疾吏切。」《玉篇》：「荢與芓同。」《廣韻》「荢」字注，正引此文。近本誤从孚。《說文》：「莩，艸也。从艸孚聲。芳無切。」音義各別。「蒙王女」，《石經》同。近本「王」譌「玉」。《釋木》：「攫橐含。」攫，《釋文》《石經》皆从手，近本譌从木，又譌作「檴」。案《說文》「檴」即「樗」字。「狄臧槔」，近本「臧」譌「藏」。《廣韻》「槔」字注引此文，作「臧」。《釋文》《石經》亦同。「杬魚毒」，杬从元，《釋文》同，近本譌作「杭」。「還味棯棗」，棯旁从木，《釋文》《石經》同。《玉篇》木部、

《廣韻》「棯」字注，皆引此文。近本誤从手。「蔽者，翳」，近本「蔽」譌「獘」。《釋文》《石經》作「蔽」。「祝州木」，《釋文》、《石經》祝皆从示，近本誤从木。《釋鳥》「鶬麋鴰」，近本「麋」譌「麇」，《釋文》作「麋」，云或作「鶥」。「眉」「麋」二字，古通用。「麇」不與「眉」通，則知从麻者非矣。「鸉白鷢」，《釋文》《石經》同。《玉篇》鳥部、《廣韻》「鸉」字注引此文。近本誤分爲兩字，作「楊鳥白鷢」。凡此皆宜據以止俗本之譌。其他與今本異，而亦有所本者，《釋詁》：「勴，助也。勴作勱。」《玉篇》《廣韻》「勴」「勱」兩收，皆訓助。《説文》力部有「勱」無「勴」。「樓，聚也。」樓从木，《釋文》从手，云或作摟。《釋言》：「耋，老也。」「耋」作「耄」。耋、耄義相近，亦可通。「袍，襺也。」「襺」作「繭」，《釋文》云，或作「繭」。「鬻，糜也。」「糜」作「麋」。《釋文》引《字林》云：「澤，麋也。」則从鹿亦是。「翿，纛也。」「翿」作「翢」，與《石經》同。《廣韻》「翿」亦作「翢」，音義同《玉篇》，字别義同。「赫兮烜兮」，烜从火，與《釋文》《石經》同。《釋文》云：「烜者，光明宣著。」今竝作「咺」，則从火者乃是正文。《釋天》「是禷是禡」，「禷」作「類」。案，詩本文作「類」，詩《釋文》云或依《説文》作「禷」，不云依《爾雅》。是《爾雅》原作「類」可知矣。《釋艸》「苹蓱」，《釋文》作「苹萍」，「蓱」「苹」字同。《釋木》「味荎著」，《石經》同，《釋文》作「菋」，云今作「味」。

「痤桵慮李」，痤从疒，與《釋文》合。《釋畜》「一目自瞷」，《釋文》从閑，云或作「瞷」。「短喙玁獢」，別本「玁」作「猲」。「猲」「玁」字同。以上數條異文，皆有所本，當備參考。嗟乎，俗刻滋譌，學者苦《爾雅》之難讀久矣。是書之存也，庸可廢乎！故書跋于後，以諗世之讀者，俾究心焉。苟或樂其新奇，吾將頌尹和靜論蘇氏經説之言以告之。嘉慶元年歲在柔兆執徐仲冬之月廿四日，芳椒堂主人嚴元照書。

謝氏後漢書補逸跋 鈔稿本

吴武陵太守謝承，字偉平，撰《後漢書》百三十卷，其書亡於南宋。而或言明内閣有之，方從哲携歸德清，不足信也。傅青主言，其家舊藏明槧本，曹全碑出土時，曾援據是書，無一不合，以爲大勝范書。是亦無稽之言也。唯姚之駰《後漢書補逸》中所輯四卷，雖僅存百一，猶可以見其真。大概謝書於《忠義》《隱逸》蒐羅最備，不以名位爲限，其所以發潛德之幽光者，蔚宗不及也。若其他事迹與范書異者，亦未見定勝。近仁和孫頤谷侍御，以姚本收輯諸書，既多遺脱姚氏未嘗見《太平御覽》，其標目亦頗有疏略，乃重爲訂定。於姚本既多所補正，復爲攷所出之書，悉明著之。於其所遺漏者，復爲采擷，續成一卷。凡范書以及異同之處，亦注出之，良爲精無。竊謂諸書所引，於字句之間，既多損益，又芟節過當。今兹零星掇拾，已不足見謝氏之用意。然殘圭斷璧，終貴乎真，愛古者能恝置之耶？侍御攷之《隨書·經籍志》，而知謝書無帝紀；攷之《北堂書鈔》，而知有《風教傳》；攷之《太平御覽》，而知有《東夷傳》；攷之《史通》，而知有《百官》《輿服志》，《姜詩》《趙壹傳》。又易「論贊」而爲「詮」，與諸史不同。世有作僞者，以此數端驗之，可以破矣。余從侍御借鈔，遂書於後。乾隆乙卯嘉平初七日，歸安嚴元照。

十一經問對五卷 校鈔本

此書《通志堂經解》所刻者，失其自序，末二卷多闕字。抱經學士得元板，鈔此本。乾隆甲寅，學士曾郵示余，未及録副。次年，余得明人藍格鈔本，較此更勝，即以此呈學士。卷中字畫不能明了者，即據余本校改。時學士年七十又九矣。是年冬，下世。學士既歿，藏書星散，盡落估人手。仁和宋助教大樽與估人約，凡學士手校書，每一册易以銀錢一餅。此書亦歸助教。余以明鈔本易得之，重是名儒手澤，珍秘不敢褻視。余别有校通志堂本，已貽錢唐何夢華。嘉慶十年歲在乙丑秋八月十二日，歸安嚴元照書於畫扇齋。

容齋隨筆十六卷續筆十六卷三筆十六卷四筆十六卷五筆十卷 明無錫華燧活字本

此卷中十七則，引《孟子》「行者有裹囊」。新刻依流俗本，改「囊」作「糧」。此舊本之可貴也。嘉慶八年十一月廿三日雨中書。元照。在卷一後

竹墩朱履端教諭，章君之師也。今茲年八十有五，猶留館章氏。余於教諭案頭見此書。余與章氏締昏姻之雅，亦教諭啓之。今夕校勘罷，遂作跋。將就寢，而教諭之訃至，於今日晡時捐館。其族弟竹海文學館余家，故來報。既送竹海去，復挑燈書於三卷之末。異日章君見此跋，定黯然也，初六日元照又書。

案，嘉慶九年十二月初六日黄昏第二跋，載《悔菴學文》第七卷。

雲煙過眼録二卷別録二卷校鈔本

嘉慶八年七月，鈔《女真征緬録》《女真招捕總録》既畢，乃以丁龍泓徵君手鈔此録，録一副本。丁本係小行押書，甚草草，脱誤亦極多。余以意標出，未敢輕改。十八日晡時記。

元和顧潤蕢廣圻寄賀納姬詞一闋，調寄《浣溪沙》，又以近作詠物詞五闋寄來。香修病，已五日卧床矣。修能嚴元照書。卷上

二十日録畢。昨甚熱。今日午後得雨，涼。香修病起，女又病。修能手書。

晚間接到段封翁之訃，金壇段懋堂先生之封翁也。封翁及見元孫，壽九十四。懋堂年已七十矣，真人世奇福。余去冬訪懋堂於其家，曾見封翁，揖讓俯仰，絶無老態。修能又書。

中夏下旬，自武林歸，路經塘棲里，訪宋茗香助教左彝，觀所藏書，借得數種。中有丁龍泓先生手鈔《雲煙過眼録》一册，小行押書，古逸可愛。新秋始涼，以楷書謄之。書中湯

允藿、葉森、文璧三人，皆有附注。丁鈔或别行低一格，或徑雜於各條中，皆非也。又提行分段亦多，酌知其謬者，余悉爲正定。然譌字脱文，尚不勝摘，俟訪他本校之。

公謹引林石橋語，謂當時名琴，樊澤卜氏之奔雷居其一。樊澤今屬歸安，距余家不及五里。今有琴堂庵，相傳爲藏琴之所也。又載賈秋壑《祭器銘》，乃景定三年錫家廟於行都而造者。案，似道家廟在西湖葛嶺之西，有摩崖大八分書云：「景定三年正月八日，賈似道蒙上恩，賜家廟第宅於行都。辭勿獲，因集芳園鄰舊居，就給緡錢，使營葺也。用謹欽承，子子孫孫，其毋忘忠報。」共五十四字。志乘無載之者。前臨海知縣金匱華君瑞潢寓居湖上，訪求經年，乃始得之，附載於此。廿一日清晨，嚴元照書於芳椒堂。以上卷下

向華秋槎先生借得祕笈本，研硃校對一過，補入「張萬户藏」一段。盧鴻《草堂十志詩跋》，此本亦不載，即校於《别録》，不復補訂矣。其他訛脱亦甚多，與此本相伯仲，雖校之，殊未得爲完善也。十二月十八日，修能校畢識。香修卧病二日矣。

廿三日齊午後録罷，寄楮分。懋堂先生有札。女病亦小愈矣。修能。《别録》上

廿五日午後，修能録畢。即將鈔宋本《夷堅志》矣。

宋氏所藏丁龍泓手寫《雲煙過眼録》，後有《别録》二卷。《前録》以所藏之人爲目，而

此則記某年月日觀於某所，與《前録》多參錯不同。前後自壬辰至乙未，計四年，乃至元二十九年至元貞元年也。其年次亦雜亂無序。徵君謂是公謹初稿，殆可信矣。盧鴻《草堂圖》，其詩《前録》不載，此則全載之，并書人姓名。惜脱誤太多，以《前録》校改一二，殊未能盡。欲求善本，俟諸異日云。修能識。《别録》下

案，以上五、六兩跋，并而爲一。末跋亦有删改，載入《悔菴學文》卷八。

顏氏家訓　卷 蕭山徐北溟校本

蕭山徐君北溟爲抱經學士補注《家訓》，並補注《觀我生賦》，多所糾正。余雅服其賅博，借其稿來閲。大人爲度録於此本，爲書其後。北溟名鯤，赤貧，旅寓武林，與抱經學士、頤谷侍御相友善。兩先生極推重之。余去冬，與鮑以文丈在杭州，遂與北溟訂交。又嘗爲我校《麟角集》，極精細。乾隆六十年乙卯仲春廿九日，元照識。

今於壬戌初秋遊覽西湖，時巡撫阮公招客校經。元和顧君廣圻、李君鋭，武進臧君鏞堂與北溟皆在詁經精舍。其時北溟性情改易，雖與余無間言，余亦謹避之，不敢屢相昵。

余歸未幾，北溟遂下世。聞其死之狀，甚可悲也。止一子，蠢不知書，北溟所有書册，盡屬之他人。其子今不知作何狀？北溟腹笥饒富，注書是其所長。此書補注，不知抱經先生何以不刻？先生乙卯冬下世，計猶及見之。此書上方字，先君手寫。先君下世已十年矣，展讀一過，心焉如割。嘉慶十五年庚午七月初三日，際壽謹識。天氣涼甚，如深秋候。傅增湘《藏園羣書題記》

周益文忠公書稿十五卷 宋慶元刻本

辛亥秋八月下澣，僕訪知不足齋主人鮑君以文于烏鎮，言及《周益公集》。以文出宋槧殘本兩册觀之，云得自蘇州。紙墨古雅可喜，欲從假讀，以文即舉以相貽。良友之惠，不敢忘也。亟記之册後，以志勿諼云。二十八日漏三下，獨坐書。芳椒堂主人嚴元照。

去年仲秋，余過烏鎮，以文先生贈余《周益公書稿》二卷殘本。紙墨絶佳，有「貞元」「季雅」二圖記，知是鳳洲藏書。季冬三月，以文家厄於火，是册得免落他人之手。於乎，悕與！壬子元旦，芳椒堂主人嚴元照書。

訒盦題跋

易傳十卷附略例一卷校宋本

此《易傳李氏集解》十卷，次弟雖不繆於古本，但其中之舛錯脱譌，幾不可讀。黄蕘翁近從海甯陳君仲魚借來汲古閣毛扆華伯影宋大字本。余因從蕘翁轉假，以校此本。影宋本後有王氏《畧例》，胡刻所無，別校於程榮本上。時適感冒風寒，力疾鈔補缺失。雖自嗤其癖，然使天壤間多一善本流傳，庶不爲虚費日力也乎！嘉慶丙子季冬，張紹仁記。

大唐創業起居注三卷校本

嘉慶乙亥孟春廿又九日，借黄復翁二丈藏舊鈔本，補寫闕葉，重校一過，又三十餘字。紹仁。

國朝名臣事略十五卷 校元舊鈔本

《名臣事略》，吾家曾蓄元刊本，乃吴枚菴舊物也。中有漫漶。丁卯季秋，蕘圃黄君易去，以香嚴書屋精本校爲完璧。余後得此鈔本，中多闕字，與元本漫漶處正同，想即出祖前本録出耳。且鈔手甚劣，有全行脱落者。今閒居多暇，因復從黄君假得校定元本，校讀一過。闕者補之，譌者證之，雖遠遜古刻，若供翻閲，則猶可爲善本也。嘉慶己巳重陽日，長洲張紹仁記於緑筠廬。

夢華録十卷 校元本

從黄蕘翁借觀元槧《夢華録》。蕘翁屬爲覆校此本，拾遺補闕，又得三十餘字。復以毛氏汲古閣舊藏鈔本參閲，并記其異同數字於眉間。道光癸未二月廿四清明日，張紹仁識。

郤掃編三卷校宋本

嘉慶甲戌四月，黄丈蕘圃以宋刻《郤掃編》見眡。紙墨精好，古香逼人，真可寶愛。蕘圃取毛刻校勘，是正數千字。余即借校本，手臨於此。其筆畫小異、無攸關者，悉置不録。宋本之原委，詳具蕘翁跋中，不復贅云。廿四日，長洲張紹仁識。

歲華紀麗四卷校本

《歲華紀麗》，余家舊藏有明人鈔本，取以對勘一過。此本尚無大差謬處，補録前後序跋，遂成完璧。《彙函》各種，每多脱譌，則此書尚爲其中之佳本也。訒菴居士記。

西溪叢語二卷明本

右《西溪叢語》，吴枚庵臨何小山校本，貯之篋中，將廿年矣。今夏顧氏小讀書堆積書散出，小山所據之嘉魚館藏本在焉。爲黄蕘翁購得，因獲見而借歸。對讀一過，何校脱誤尚多，豈小山意有去取乎？或老人目昏，未能精詳歟？皆不可知也。因重爲讐勘，拾遺補闕，存疑待考，庶無遺憾矣。嘉魚館本，即沈辨之野竹齋鈔本，字畫雖劣，究是古本之善者。此鶡鳴館雖多脱譌，亦有勝於鈔本處。《漁洋文集》中有此刻本跋，詫爲罕覯。今復加校勘，洵成善本，可不寶諸乎！嘉慶己卯九月廿五日，書於静寄東軒。訒庵居士張紹仁。

齊民要術十卷 校宋本

近見嘉靖時刻《齊民要術》，即錢遵王《讀書敏求記》所云之湖湘間刻本也。脱落舛譌，空格墨釘，悉與此同。始知胡孝轅本即從此出，惟改其行款耳。湖湘本每葉二十行，每行十七字。數年前，我友黄蕘翁購得一校本，首葉簡端，記有宋本行款，中間正譌補脱甚多。至第七卷之半，作「秦州春酒麯法」一段止。已後未校，不知出於誰氏之手。或所據殘闕之本歟？或有故而中輟歟？惜未詳記其原委也。茲從黄君借歸，手臨於此本。憶《農桑輯要》

中多引《要術》，因取以參對。校本所補脱落，一一具在。蓋借此校本字，可珍也。覆勘畢後，爰記其緣起云。道光新元三月十九日，書於仁壽里之讀異齋。訒菴張紹仁。

道德真經指歸七卷校本

此書脱佚繆誤，苦無善本久矣。偶閱黄蕘翁所見《古書録》内有此種，列在《甲編》。春日借觀，亦是胡氏所刻。從絳雲燼餘本補鈔經文、前序、末卷，并谷神子註。前年復見東澗手跋元本。蕘翁又從對校，意必盡善矣。及讀之，則錯謬脱失，仍復不少。錢跋中有「未知《道藏》本如何」之語，因知此老亦未見《道藏》本之真面目也。然世間《道藏》少於釋典，近地勵圓妙觀中有之，遂向道士借閱，託以檢尋無有爲辭，靳而不與。今展輾浼鄉先達之顯者往取，而始得見。羽流俗物，固不足較，而善本之難得罕觀也如是。後人其毋忽視之。時適將爲兒子完婚，撥冗，竭三日之力讐勘再過，正誤補闕，疑團頓釋，心目豁然，快何如之。當寫一清本讀之，庶幾盡善盡美也。姑志以俟將來云。道光三年九月十九日，書於仁壽里讀異齋。訒菴張紹仁。

昨歲校補成此本，字細行密，參錯於上下兩旁，朱墨棼如，不易猝讀。欲倩人録一清本，視之皆畏難而退。今夏酷熱，甚於往年。孱軀畏暑，不出户庭，晝長多暇，乃奮勉手鈔。今日告成，前願得遂。益信凡事皆當僶俛力行，自然得成。若因循懈惓，而致廢弛貽誤一生者，往往而然也。可不戒慎乎。寫竟，書此以示兒輩。甲申閏七月初七日，巽翁識。

王黄州小畜集三十卷 校宋本

宋槧《小畜集》，舊藏沈辨之野竹齋，卷首又有惠松崖印。殘本今在黄蕘翁百宋一廛。第十二卷全九葉；第十三卷全七葉；第十四卷存九葉，闕第九葉；第十五卷全十葉；第十六卷存十五葉，缺第十三至十五三葉；第十八卷存十葉，闕第一至七七葉；第十九卷存十四葉，闕十五、十六二葉；第二十卷全十六葉；第二十一卷全十七葉；二十二卷全十七葉；二十三卷全十五葉；二十四卷存十葉，缺十一至末三葉。宋刊存一百四十九葉，餘缺卷缺葉，皆吾研齋補鈔。

案，吾研齋補鈔本後有此跋，想吕氏之所祖，即出於謝在杭本耳。因録于右，以備溯源之考據云。訒盦居士記。

小畜集三十卷 校本

余友黄蕘翁，近購殘宋刻《小畜集》吾研齋補鈔本。余知而往觀之，言及敝篋中亦有此書，索去勘對，始知雖新刊，而行款與宋槧頗同。惟間有誤改之字，爲可惜耳。即從黄君借新得本，歸來細心覆校。宋刻存者，此本誤字，悉皆改正。吾研齋補鈔之卷，似出宋本，但跳行空格等，以宋本體例案之，則不符合。姑就鈔本款式，略記於首卷。異同之字，則備注於行間俟攷。緣未見宋刻，不能確信無疑也。倘得見宋槧，重勘闕處，庶無遺憾矣。未知能否，企而望之。道光新元四　二十又七日，張紹訒識於乘鯉坊巷讀異齋。

勞氏碎金拾遺

吴縣 王欣夫 輯

勞氏兄弟藏書之名，自葉菊裳《藏書紀事詩》著之，而始爲人知，然所述殊略。逮吴印臣輯其羣書題跋爲《勞氏碎金》，並爲撰傳，於是其手校書，益爲人重。余與瞿君鳳起，各據所見，補輯吴本，重印入《丙子叢編》。友人王君九季烈、周叔弢暹見之，又各以所藏鈔寄。今併他處所得，合鈔一卷，以免散失而待補遺。嘗謂巽卿、季言，鑽研故籍，合志同方，兄弟自相師友。又生東南文獻之邦，時際承平，蒐羅既富，熏習彌勤。巽卿似鮑渌飲，所校各書，必詳紀源委，朱墨爛然。而侍史雙聲，添香捧硯，彼時所稱風流藴藉，或比之嚴九能之有香修者，而屢見稱述，實皆贅累。季言則似盧抱經，益熟於唐宋典制故實，摭遺訂誤，簇聚眉端，幾於每字必有依據。葢其志在撰述，不欲以校書傳，故往往一書密校無隙地，而不留一名，不附一跋，閱者幾不識爲何人。乃烽火猝起，挾家流離，書多未成，中年殂謝。未幾，巽卿繼之。吁，可傷已。幸有友人丁寶書收拾殘賸，爲刊《讀書雜識》等書，卒賴以傳。而龔卿則直待吴氏之輯《碎金》，而名始顯。至今古書凡有勞氏兄弟校筆者，均爲善本。得者什襲珍藏，矜爲罕有，亦足以慰其殷殷向學之志矣。公元一九六六年三月，吴縣王欣夫識。

爾雅新義二十卷 校嘉慶十三年蕭山陸氏三間草堂刊本

道光十九年己亥三月，假得舊本，竭兩日之力比對一過。異同處，並兩存之。鈔本多譌謬，亦間有可采者。餞春日校竟，記於木夫容館。勞權。　三月廿三日未正初刻，交立夏節。

此本爲同里先輩宋左彝助教所校，刻於蕭山陸氏。余始以鈔本相校，頗多異同。陸氏注極穿鑿，文義亦復晦塞。故字在疑似者，悉仍之。既，從助教從孫表民秀才士坊，得其手校底本。蓋以曲阜孔氏、歸安嚴氏兩鈔本合校，以孔氏爲主，而間參以嚴本，與初校鈔本悉合。助教既不注其異同，且有勝孔本者，亦不取焉。校勘殊未精審耳。余乃重校一過，愚管所及，著於上方。當屬余弟季言更審之。病月二十有六日，巽軒權記。

東觀餘論二卷 宋刊本

黄長睿父《東觀餘論》，紹興丁卯其子訮刊于建安漕司。嘉定間，攻媿樓氏復以川本參校，即今所傳本也。此書曩得于蘇州，作一卷，不分上下。初爲錫山華氏故物，有「真賞」「華夏」二印可據。前衰宋槧，曾經以樓本勘校，係蒙叟手跡，審定爲紹興初刻之本。今無訮跋，殆脱去之。訮跋所云「十卷」者，蓋指《東觀文集》中卷第而言之，而兩卷者，則攻媿校定本也。此本固不如攻媿重校之精審，顧亦有勝處，及可兩存者。惜缺後衰，影寫補全。乃絳雲燼餘殘帙，首尾已有滄葦印記，其補鈔當在歸季之前。檢《延令宋版書目》，所藏有二，其一不著卷數者，即此本，但不注完缺耳。鈔葉爲俗子以汲古閣刻本塗改，因以雌黄黷之。異日倘遇宋槧樓本，更當補勘。向聞知不足齋曾有藏本，見《抱經堂文集》跋中。唯學士謂攻媿訂正，付訮開雕，似不審樓、黄兩跋，歲月之有先後，致屬筆偶誤爾。咸豐丁巳九月廿一日立冬，仁和勞權巽軒書于丹鉛精舍。

酉陽雜俎二十卷續集十卷校本

舊刻所據，缺第二葉，故前後兩葉未改。原本行款，乃二十行十九字也。薄暮校畢。是書聞有元刻本。此舊刻，雖非佳書，顧尚出宋槧。據以是正此本，補《諾皋記》二百四十餘字，《廣動植·木篇》「比閭」一條，凡十九字。它亦多所補正。其差謬，亦據注之，非無持擇，以其本之不易覯也。篋中尚有張青父舊藏《續集》，今亦隨校一本。倘能更以《太平廣記》讎比一過，彌復佳耳。以俟好事而有餘力者。丁巳閏五月初六日清晨，勞權識於丹鉛精舍。

姚少監詩集

咸豐丁巳季秋，以錢塘何氏夢華館影寫黃氏讀未見書齋本初校，小盡日再校。丹鉛精舍記。

丁巳九月廿二日校，廿五日鐙下校畢。再校子目，廿七日覆校，至廿九日畢。是日再校一、二兩卷，黄昏又校目録并第五卷。十月朔校完。

影宋本增兩首，少半首，殊爲譌謬。當取《英華》、方氏《律髓》諸書校之。所增二首，雜在他類中，乃宋人重編時所漏。汲古本竟删去之，不知其所據浙本何如。影宋鈔，疑蜀本也。

西渡詩集一卷 鈔本

宋牧仲中丞自吴中鈔寄洪炎玉父《西渡集》，僅一卷。考焦氏《經籍志》，玉父《西渡集》一卷，與此本合。然編首題卷第一，又似不全之書，何也？《坐上呈師川有懷駒父》七律所云「欣逢白鶴歸華表，更想黄龍出羽淵」，正在集中。其詩局促，去豫章殊遠。又《經籍志》載洪芻駒父《老圃集》、洪朋龜父《清非集》，皆止一卷。此本牧仲鈔之醫士陸其清家。康熙甲戌四月，漁洋山人跋。

康熙丁丑八月朔，竹垞閲過。以上墨筆，録在目録後。

余頃借鈔此集於友人許，嫌多脱誤，從積書堂主人陶一翁借本比校，補鈔目録及補遺詩一首，略正譌字。陶本視此本，尚不如也。壬寅十一月十日校畢記。𦩣卿。

乙巳夏，收得曝書亭鈔本于長塘鮑氏知不足齋，庋閣兩年。無可消夏，據校一過。葢從江西詩派本録出，非其全集，且殘帙也。去壬寅初校時，已六易寒暑。歲月荏苒，人事變遷，撫卷興歎。丁未六月二日，記于學林堂小池上。以上在卷末。

歸愚集十卷 鈔本

侍郎葛公《歸愚集》，每半葉十二行，每行廿二字。所存五至十三，凡九卷。《居易録》云：「《歸愚集》十卷：詩四卷，樂府一卷，騷、賦、雜文一卷，外制二卷，喪啟二卷。」今宋槧無樂府。黄氏藏毛氏精鈔宋人詞百種中有之，即刻入六十家者也。或是傳鈔者取以附益耳。《書録解題》作二十卷。墨筆

道光戊申十月廿一日，從吴元秀買得，缺第七卷。緑筆

丁氏鈔本有朱筆校語，又有簽貼朱筆校字，與此本有合有不合。今俱以藍點志別。緑筆

《簡明目録》：「《歸愚集》十卷，宋葛立方撰。原集二十卷，此本葢掇拾重編，故詩但

有近體，無古體。文如《何桌轉官制》之類，亦誤收北宋人作也。」按《宋史・高宗本紀》：「紹興二十三年十月戊午，遣吴桌使金賀正旦，施鉅賀金主生辰。」《繫年録要》：「十月戊午，監察御史施鉅，爲中書門下省檢正諸房公事。監察御史吴桌，行尚書左司郎中。後五日，以鉅爲大金賀正旦使，使桌爲賀生辰使，閤門宣贊舍人張彦攸副之。」「何桌」當從舊鈔本作「吴桌」，並非誤改北宋人制誥。墨筆　以上俱在卷首

宋本無此卷。緑筆　在卷五首

咸豐壬子正月十八日鐙下，季言据吴興丁氏鈔本校。緑筆　在卷五末

四月廿五日，復以曝書亭藏鈔本校前五卷，亦有誤字。朱筆　在前條之後

咸豐壬子正月廿二日補鈔，鐙下校。丹鉛精舍記。緑筆　在卷七末

咸豐壬子二月壬午朔，鐙下覆校畢。季言記于丹鉛精舍。緑筆　在卷十末

四月十八日，依曝書亭舊鈔本校文五卷。朱筆　在前條之右

此書勞氏以朱、緑二色筆校。朱筆從曝書亭鈔本，緑筆從殘宋本。惟卷五，用吴興丁氏鈔本。殘宋本卷第，核與士禮居藏符合，疑即出於彼也。卷五樂府，爲宋本所無。直齋所見二十卷本，不識世間尚存否？光緒己卯閏月，以餅金收之世經堂。頌蔚記。

栲栳山人集鈔校本

此千頃堂鈔本。用校乾隆壬寅餘姚張氏新刻，張本多七言律詩二十八首，及象贊、行狀，似從岑氏後裔所藏增補。若宋文憲公序，别本有之，而張本亦缺焉。今據此本校正新刻之謬，并略正此本傳寫譌字。其兩可者，則不盡標志，以新刻易得、不難比校也。據邑志，集凡四卷，今佚其末卷。張氏遽以上、中、下改其分卷，則幾似完帙矣。近人刻書，大率不遵原本之舊，非勘對不可耳。咸豐丁巳三月，丹鉛生記。

雲林集二卷校鈔本

□□間，金溪梅之純編刻《危學士集》，以此集編入，次第移易，且多譌謬。十年前，曾校一過，唯補「思賢亭」「梅仙峯」二詩。兹從知不足齋搜得。傳樊榭山房鈔本重勘本，係迺賢手書付梓，後至元雕，惜未得一覯耳。咸豐丁巳十二月初六日大寒，燈下丹鉛精舍記。

蕭臺公餘詞一卷舊鈔本

咸豐丙辰四月十九日，借丁月湖家舊寫本校。羣叟。

樂齋詞一卷舊鈔本

戊子十一月初三日，剪燭校一過。

庚戌冬，初據知不足齋校本校。羣卿。

壬子八月朔，又據柳洲鈔本校。《直齋書録解題》著録此詞，名乃作「澋」。二字古通用，直齋所見長沙本如此，故當隨本耳。

五峯集六卷校舊鈔本

咸豐壬子六月，吴興丁寶書以鮑渌飲先生手寫本寄示，因據校一過，補鈔十六首。鮑本後附《補遺》三卷，渌飲從《玉山雅集》諸書集録。又《文集》一卷，止十首；《雁山十記》一卷，别録成帙。二十五日午刻，季言。

竇氏聯珠集不分卷 臨何義門校本

去冬，吴估携此鈔本來。以「杏山館」一首，曾經舊人補正，聊復置之。頃見傳度何義門學士據宋槧校汲古本，因此移謄，頗勝汲古本。其汲古訛而此是者，用規識之。第其他鈔録之誤，匆匆未及比對。異日以汲古本校之，不難也。至「大」「天」之訛，曾見錢遵王影宋本已然，汲古或有所自出耳。道光甲辰五月十三日，巽卿記於丹鉛精舍。

龜峯詞一卷 舊鈔本

乾隆丁亥十月，借錢塘汪氏振綺堂對寫，二十七日完。

咸豐壬子八月朔，借知不足齋魏柳洲先生鈔本校。柳洲名之琇，工詩精醫，曾校定《名醫類案》，鮑氏刊行。所著《續名醫類案》，收入《四庫全書》。詩名《柳洲遺稿》，吾杭之者舊也。蟫盦詞隱勞權識。

柳洲寫此詞烏絲闌中。知不足齋正本字跡，似主人所委鈔也。末識校録歲月一行，爲奚鐵生處士隸書，絶精。

綺川詞一卷 舊鈔本

壬子八月朔侵晨，據知不足齋寫本校。

石芝西堪題跋殘藁

高密　鄭文焯　撰

漢□平三年殘石墓石記工題字

《匋齋藏石記》有「永建五年墓石」題字，又「陽嘉元年三月洽攸石」題字，皆記石之廣厚長尺寸，無它文。漢人製器，必記其數，或勒工名。此脱，殆與永建、陽嘉墓石題記同一義例。第二行「□平三年八月省」，曰「省」者，省其工也，監督之義，漢金石款識習用之。

漢□平三年殘石，近歲出關中。碑記長廣尺寸，未詳何謂。京師廠肆碑估號爲延平石刻。考「延平」爲東漢殤帝年號。按「延平」僅丙午一年，此石顯爲三年。或釋作「建平」，則西漢時文字，益可貴矣。

諦審，是殘刻第一行末爲「長二尺九寸五分」。「分」字尚可識，是「平」字上當有泐文。可知凡釋作「延」「建」字者，竝未會通上下爾。

漢司馬孟臺神道殘石

右漢上庸長石闕脱本。《天下碑録》云，在德陽縣靈龕鎮。石已久佚，近復出于羅江縣。李氏《蜀碑記》謂靈龕鎮在羅江縣西二十里，舊德陽縣屬是也。《隸釋》所録，有「故上庸長司馬孟臺神道」十一字，今祇存「上庸長司」四字。「司」字亦已漫漶，僅其半尚可辨爾。洪氏迄今近千年，猶得之，亦幸矣。

蜀碑故多漢迹，其石闕題字，見之宋歐陽公《集古録》洎王象之《輿地記·碑目》者，迄今往往而在。如雒陽令、王稚子兩闕今存其一，高頤東西闕，沈府君、馮使君，乃李業、楊宗蜀中書，賈公諸闕，并上庸長司馬孟臺殘刻，亦石闕也。粲然劇跡，屹立千古，豈道阻且長，椎拓煩費，故致之者少，轉得長存，無少淪缺。好古之士，可不寶之？

戊戌春，在京師。聞王廉生祭酒述及王稚子石闕俱在，渠曾目擊一石殘刻，横卧老圃菜畦中，久無訪問之者，遂傳爲淪佚爾。

漢吹角壩摩崖跋

漢吹角壩殘刻，在四川綦江縣。宋王象之《輿地・碑記》云：「吹角壩有古摩崖，風雨朘剥，苔蘚侵蝕，惟識其一二曰『建安』，其它不可辨。在溱川堡，去軍四十里。」此碑在前人未經著録，今拓本約八行六十二字，惟首尾二行尚可讀，餘皆不復成文。《後漢書》建安六年此紀乙卯朔僅書三月朔日食，餘無它事。考《華陽國志》，初平元年，征東中郎將、安漢趙潁建議分巴爲二郡。潁欲得巴舊名，故白益州牧劉璋，以墊江以上爲巴郡，江南龐羲爲太守，治安漢；以江州爲臨江，爲永寧郡；朐忍至魚复，爲固陵郡。建安六年，魚腹蹇允白璋，争巴名。璋乃改永寧爲巴郡，以固陵爲巴東，徙羲爲巴西太守。是爲三巴。此刻有「設兵掾」等語，又有「西川牧」之稱，後有「乃以文執禮教分表」云云。又云「嘉此永列于今」，似即敘分三巴之事，而頌其德政者。綦江爲當時永寧郡地，豈即蹇允等之所爲歟？

按衢州張氏《金石聚》攷證是刻，得其崖略。惟釋「西川牧」三字，此脱顯爲「川牧設兵掾」，「設」下尚有一字，張氏釋文誤連。碑末似是「焉」字，隱隱可識。是碑僅見《輿地・碑記》，他録未及，近拓益漫漶難讀。在象之且云「剥蝕，識其一二」，則今所得者爲已多矣。據趙氏《補訪碑録》云：石歸遵義鄭珍子尹，辨爲建安七年盧豐碑。趙氏力斥其非，謂明是六年。次行「嚴季男」，六行有「以災致祀」字，必非盧碑。趙釋「乃以災致祀」五字，證以此脱，甚精塙。張氏意以爲分巴而建碑，故於考釋文字，多出懸揣，未可徵信。至末有「嘉此永列」之句，諦案「嘉」字亦未塙，以其上半似合似色。若夫碑尾一字，則爲「焉」無疑。

蜀中書賈公闕殘字

是拓有宋乾道六年尚信題記，足徵舊拓。

王廉生祭酒案爲蜀漢石刻。

昔黄秋盦得蜀刻《王稚子雙闕》拓墨，以爲異珍，著之《小蓬萊閣題記》。今《賈公闕》亦佚久，在燕庭時，已歎其有宋乾道六年題刻者爲舊拓，况去劉公又百年，其舊本之可貴，當不亞於《稚子・先靈》一闕。老友王廉生嘗語余，凡漢石之見著録者，雖一鱗片甲，皆當珍若球圖。余篤信斯言，而尤以南碑爲至寶焉。

此宋乾道六年尚信題名。劉燕庭《賫古志》記蜀刻，謂《賈公闕》後有是題字，皆舊脱。蓋其剥蝕已久，打碑者無復知之。今所見并蜀中書，「賈」字末，亦不可得矣。叔問記。

劉燕庭《賫古志》記蜀刻云：《賈公闕》後有宋乾道六年尚信題名，近亦剥蝕。有題字者，皆舊拓也。但近拓却多闕字之半，亦足以藏。

宋故笠鄉侯東陽城主劉懷民誌

是志爲南碑中别搆一格，文不首書君諱，却於銘後詳其名及里貫、卒年、葬地。次妻氏，次父名字官秩，最後則云「君所經位，謹露潹如左」，而所紀官階，與碑首異。蓋謂爲「所經位」者，猶今言歷任追記之例也。《禮》：「卑者宜先，尊者宜後。」故妻先於父也。若夫「城主」之號，史傳不著。攷《周書》，裴鴻歷官内外，保定末，出爲中州刺史、九曲城主。天和初，賜爵高邑縣侯。是與劉懷民以鄉侯爲城主同一義例可證。

右《宋故建威將軍齊北海二郡太守笠鄉侯東陽城主劉懷民誌》，自來金石家未之著録。案：《宋書・百官志》有鄉侯，屬第四品。此笠鄉侯，猶漢世漢壽亭侯、魏東武亭侯之類。又《宋書・崔道因傳》「大明二年，出爲齊、北海二郡太守」可徵。是識之于孝武之朝。誌銘足以訂史，諒哉！「城主」之稱，古今列代官制無徵，惟蕭梁之末，余孝頃輩稱「新吴洞主」。又北周齊安成主時珎，亦稱「主」之例。其時值侯景之亂，諸遺臣起兵者倚山立寨，居民因洞主呼之，史臣因而書之。要之，非朝廷之命也。此稱「東陽城主」，蓋亦其類。碑例視南北朝恒格差異，名字里貫，並列銘後。文字渾渾古奥，與《爨龍顔碑》同一逸體。遡自魏武、晉武，碑禁綦嚴，天下墓石皆付淪毀。至宋裴松之，又表禁斷，故寄奴一朝，銘幽之文流傳絶少。得此佳刻，珍如瑋寶已。石今藏滿州端午橋所，精潔如玉。予曾手拓之，爰記。

銘詞宏麗，洵南朝之高文，未易數覯。銘末未泐，寀是「丹淚濡纓」一句。

《漢書》「丁鴻父綝願封本鄉，謂人曰：能薄功徵得鄉亭，厚矣。」此鄉亭昉于漢之證。

碑格先銘，次名貫及卒葬年月，次夫人世系，最後云「君所經位，謹露滌如左」，而所記歷秩與碑首異，蓋碑首皆卒後之封號，亦自來石例，未有如此，足名一格。又文曰「高沉二尅」，則用《詩》「高明柔克，沉潛剛克」二語，文亦古穆。

梁鄱陽王蕭恢軍府人題名

出四川雲陽。按《輿地碑目》云：彭山縣東三十里，有《宋師中碑》，云梁武陵王蕭紀寓此練兵，後人爲立武陵寺。鄱陽兵過雲安，武陵練兵彭山，蕭梁蜀防之始末也。「武陵」名題，今不傳。此摩崖，王象之《録》亦失載。

按《梁書》，蕭恢，太祖第九子，封鄱陽忠烈王。恢字宏達，幼聰穎，年七歲，能通《孝經》、《論語》義，發摘無所遺。既長，美風表，涉獵史籍。此其任益州時軍府人題名，摩崖大書，在今四川雲陽縣龍脊石梁。攷《恢傳》，天監十三年，遷散騎常侍、都督益寧南北秦沙七州諸軍事，鎮西將軍，益州刺史，使持節如故，便道之鎮。成都去新城五百里，陸路往來，悉訂私馬，百姓患焉，累政不能改。恢乃　　千匹，以付所訂之家，資其騎乘。有用，則以次發之，百姓賴焉。此記在十三年，正其爲益州刺史赴鎮之時。雲陽屬夔州府，去成都千六百餘里，故曰「過此記之」。戎馬倥偬，留題巖壁，其軍府風流可知矣。

嚴氏《江寧金石待訪録》引《復齋碑目》，有《鄱陽忠烈王墓志》，張續譔，普通七年立。

又神道石刻正書，今並佚。蓋與梁故諸王碑同在上元境也。

《記》後鄭子思題名有云：「爲拂塵於六百九十八年之後。此宋人題名好事之常語，如臨桂中隱山端平丙申鍾春伯、范旂叟題名，末有「後十六年，敬爲先清敏拂塵，男德輿」。又鼓山乾道丁亥王瞻叔題名，後有「淳祐癸卯曾孫亞夫來此拂石」。類是甚夥，以視韓勑碑陰、倉頡碑額，及孝堂山邵善君、高令明兩題名，皆漢人所題字。其文言古茂，倜乎遠已。

《記》後有宋嘉定九年鄭子思題名。又一行誌元祐八年十二月廿七日，因打碑遊於此。記下漫漶，此宋時打碑人所記年月，惜無姓名可考。

魏敷城縣開國公劉懿誌舊拓本

考《北齊書·劉貴傳》，敘歷官事寔，即懿也。據《誌》，則名懿，字貴珍。史失書其名，又奪珍字。《高季式傳》亦作「貴珍」，與《誌》正合。蓋以字行，而史傳軼其名，賴此正文之。又《傳》記建明初，貴以征南將軍、金紫光禄，兼左僕射、西道行臺。《誌》作「右僕射、西道行臺」，亦當以《誌》爲正。懿四子：元孫，洪徽，徽彥，彥祖。《傳》止書「元孫、洪徽」，而略「徽彦、彦祖」，疏已。《貴傳》：洪徽「武平末假儀同三司，奏門下事」。不載他事寔。考《神武紀下》，洪徽曾爲州刺史。西魏太師賀勝以十三騎逐神武，洪徽射中其。又《孝昭紀》，乾明元年，與段韶、高歸彦佐孝昭，殺楊愔。《廢帝紀》云：於是年五月，「由開府儀同三司，進職右僕射」。此竝洪徽事之當紀者，可以傳之，闕矣。《懿誌》石出山西猗氏縣，後歸太谷温氏。趙撝叔《補訪碑録》以爲出河南安陽，失攷已甚。近拓碑文，又泐一斜行，損字不少。此初拓，可貴也。近今金石著録，多未詳攷，爰據史以訂之。又攷《誌》稱祖給事，父肆州。本傳：「父乾，魏世贈前將軍、肆州刺史。」與碑合，而「祖給事」，則史失載。史稱貴凡所經歷，莫不肆其威酷，非理殺害。《誌》所云「猛烈同于夏日，嚴厲等于秋霜」，亦微詞也。《傳》云謚忠武，而《誌》不著，蓋葬時尚未議謚耳。

賀屯植墓誌

右《周故開府儀同賀屯植誌》，在陜西三水縣。趙氏《補訪碑録》始著其目。案植，《周書》《北史》俱有傳，有與《志》異者，有史闕而《誌》可補者，有《誌》與《傳》可互證者，有兩存而待攷異者。如史云：字仁幹，上谷人。燕散騎常侍龕之八世孫。高祖恕，魏北地郡守，子孫因家于北地之三水。父欣，泰州刺史。《誌》則云：字永顯，建昌郡人。其先侯姓，漢司徒霜之後。又史稱「清河太守」，《誌》作「河陽」；「平州刺史」，《誌》作「光州」。史謚曰節，《誌》則曰斌。此字貫及謚竝與史顯異者。攷恕爲侯植高祖，其人當在魏道武時，其時三水當隸北地郡，故史云家北地之三水。迨太武神麚中，置涇州新平郡，乃改隸新平，故《地形志》以三水隸新平。至永熙以後，當又割三水等縣，置建昌郡。後又改建昌隸豳州，而周仍之，故誌稱建昌人。又云：葬于豳州三水縣，但《地形志》皆失載。沿革之時，敘所謂「永熙綰籍，無者不録」是也。蓋史志其貴籍，則曰上谷；《誌》記其所居，則曰建昌耳。又《誌》記其官歷□衝大將軍、太子中舍人，史并失載。《誌》記其子定遠，以次敘有六人，史惟載一子，名定。此並當以《誌》補正之。至《誌》文中稱述其勳業事迹，並與史合。其卒於保定四年四月己丑朔，與《通鑑目録》紀月例合。惟戊申爲二十日，《誌》云二十一日，小有舛爾。

《賀屯公侯植碑》所紀戰迹事功，竝證古史傳，無不符合。如《誌》云「戮河橋之封豕，摧沙苑之長蛇」，與《傳》稱「從太祖破沙苑，戰河橋」合。「騁驍悍于洛陽」，與《傳》稱「齊神武通洛陽，從孝武西遷」合。《周書・本紀》：大統二年，太祖率衆聲言還長安，潛至小關，縱兵擊竇，斬之。《誌》云「平竇賊于小關。」者，此太祖率十二將東伐至弘農，東魏高干、李徽伯拒守，命諸將冒雨攻之，城潰，斬徽伯，虜其戰士八千。漢弘農，魏改恒農，在今陝州竟，周虢仲封國。《誌》云「克恒農于陝虢」者，指此。大統十三年，開府楊忠圍柳仲禮長史馬岫于安陸。十四年，仲禮來援，忠大破之，斬仲禮，馬岫以城降。安陸郡屬司州，今德安府隨州竟，周隨侯封國。《誌》云「效武績于隨陸」者，指此。蓋此三役，植皆在行間，《傳》不詳書，可據此以補其闕焉。南北朝碑細字之瘦峭者，爲《慧日道場法雲誌》；其疏勁者，爲《常醜奴誌》，皆隋碑所僅見。若其筆鋒廉斷，點擊峻樸，渾渾具有古法者，厥惟《賀屯》一碑，且在宇文之世，文製好古，其書亦舊體爲多。上承西魏、北齊茂密瘦健之風，而宕以逸氣，下開有隋一代楷棣整郎之則，而出以歰筆，殆南北流派將滙而朝宗，古今體勢將變而至道者也。昔翁覃溪學士謂可以書體定時代，吾亦以時代論斷書體焉。

余讀碑，斷自隋代，示存漢分之舊體，即尚古文之遺意也。至潢治墨本，最忌翦裝。以碑版書勢、行氣及格局三者竝重，非整裱不能得其全模也。故宇文一朝豐碑巨碣，今所見者，不止十百，以隘于册裝，别具存目。其造象記佳者尚夥，并徵石所存地，録以待訪云爾。

曇樂造象記 建德元年今在揚州阮氏故園

《曇樂造象記》書勢宕逸，波傑矯健，信北朝草隸之工，非率爾搮觚者也。足與北魏李洪演、北齊之陶長貴兩造象竝立而三。體勢神妙，無不備具，學者得之，思過半矣。今揚州選巷有阮氏舊圃，此石猶在壁間。趙《録》謂已燬，失攷。

案天和六年趙富洛廿八人等造象，前有包師比丘曇貴，蓋即此題名者。天和六年者，距建德元年僅一歲耳。宇文短祚，而諸家碑録合余所見者，不下五十餘，亦云盛矣。

隋邯鄲縣令蔡府君故妻張貴南誌

右《隋邯鄲令蔡府君故妻張貴南誌》。祖綰，見《梁書》，坿《張緬傳》，字孝卿，纘第四弟也。按綰次子交，字少游，選尚太宗第十一女安陽公主。此《誌》云父尤，是綰尚有一子，史傳佚之，僅紀其次子，尤其交之兄耶？《誌》又云同堂姑爲梁明帝之后。案《梁書》，太祖獻皇后張氏，諱尚柔，范陽方城人。祖次惠，宋濮陽太守。父穆之，字思静，晉司空華六世孫。穆之子弘籍，追贈廷尉卿。弘籍無子，徒父弟弘筞以第三子纘爲嗣。是弘筞爲穆之從子，纘爲穆之之孫，綰又纘之弟也。《爾雅》：「父之姊妹爲姑。」獻皇后乃綰之姑，貴男爲綰之孫，豈得稱同堂姑耶？而《誌》言拜見之辰，即蒙賞異，是貴男猶及見之。案獻皇后殂于宋泰始七年，貴男殂于大業元年，相去一百三十五年。貴男享年五十有六，其時不能相及，蓋誌銘侈言盛祚，故多溢美之詞，證以史文，是可異也。誌不石近出直隸廣平府之邯鄲縣，在隋屬冀州武安郡。今聞歸端午橋郎中，兹拓得之京師。碑字姿制揮綽，似魏《王僧誌》書格，而遒逸過之。案《誌》中云「靡恪拳握」，《後漢張諶傳》「拳握之物，足富十世」，《誌》文所本。恪，吝也。蓋言其好施，不惜捐家珎也。又「闟門」出《魯語》，「闟」，闢也。漢魏六朝碑文，往往用經史雋語，文尚典博，不獨心畫之古秀也。

壬寅歲十一月十日，從吴肆漢貞閣碑估見示是誌舊脱本，取以較端氏所貽之本，有若《蘭亭帖》肥瘦之殊。畢竟舊拓骨氣未損，故能瘦硬通神。凡端拓微有漫漶處，乃轉折圓粗，而失筆致者，舊脱具臻神妙，洵可寶貴。以估客索值鉼銀廿鍰，未議成而歸之。初，是碑甫出，論者多疑爲僞作。余獲兹拓於京師海王邨，尚未歸端氏時也，視近拓已勝一籌。今得觀瘦本，直覺清勁之氣流溢行間，惜不獲就午橋撫部同賞焉。

越明年癸卯正月，舊脱精本遂歸于我，爰合裝一册，以示古瘦今肥之别。

隋董美人誌

此蜀王楊秀自悼其後宫之文，爲誌銘中别構一體。朗麗這哀，齊梁賦情之妙，書體奇秀，視《常醜奴》《元太僕》二誌，彌足珍閟。石初爲陸劍庵官光平時所得，旋歸上海徐渭仁。此即徐氏手拓精本，余得之南滙沈氏。《誌》稱「仁壽宫山第」者，蓋蜀王受封未出鎮，以弟接仁壽，故云。如晉會稽王東第，宋彭城東府，陳鄱陽西第，齊豫章北第，梁世興青陽巷之類是已。李綽《尚書故實》記蜀王楊秀常造千面琴，散在人間，其才韵疏俊可想也。至美人名號，置自漢元，開皇掖庭，承風襲美，不必盡於史徵之。《誌》石當咸豐庚申之亂，爲賊裂毁。或云渭仁贈湘潭黄氏，未足信也。